# 生活，需要幸福感

*Holland Style Happiness*

林昭仪 —— 著

长江出版传媒　长江文艺出版社

# 作者序

**工作其实可以既认真又无负担！**

2008 年初，我首次踏上荷兰的土地，对于学花卉栽培的我来说，这里是园艺界的圣殿国度，也是进修深造的第一选择。没想到，自此我与荷兰的缘分愈结愈深，读书、实习、工作、买房定居、结婚、迎接第一个宝宝，都是在荷兰，荷兰已经成为我的第二个家。时常会有荷兰亲友问起："你喜欢荷兰吗？会想要一直住在这里吗？"我总是回答："要是能夏天在这里避暑，冬天回到中国台湾地区躲开又冷又湿的荷兰天气，那就最完美了！"

现在的我，非常喜欢荷兰的开放思想、直接不做作的表达方式，少有旁人闲言闲语，能够让我直率地做自己。在这种环境下生活，能省去许多无谓的压力，过得轻松自在，难怪许多幸福快乐的相关调查都显示，荷兰人是世界上最快乐的一群人。

但老实说，荷兰人直爽不讳的性格，也是我初到荷兰时经历最痛苦的文化差异。每每遇上意想不到的文化冲击后，我就会自问在东方背景下成长的我，到底与荷兰人有何不同？又是什么态度或思考模式造成这些差异？经过这些年不断地体验与反思，文化冲击的不安感早已逐渐消失，取而代之的是从荷兰人身上学到许多快乐过日子的方法。

我在看到富者愈富、贫者愈贫的社会现象；缺少包容力而造成冲突的芝麻小事；以及超出体力与人性负荷的职场环境时，总是为现代人感到心疼。而让我决心积极下笔的楔子，是因为我一位刚进入职场的年轻友人的经历。经历了连日加班，甚至需要睡在办公室里，他在脸书上发泄，道出满满的疑惑，不只是身体上的疲累，更是精神上的无力感，不知道这么辛苦是为了什么。当时我已在荷兰工作数年，见到这样的叙述，实在难以想象自己也可能会面临这样的工作条件，然而，此职场环境却是切切实实地发生在更多亲朋好友身上。

因缘际会之下，我开始在职场女性议题网站 CAREhER 上发表文章，分享在荷兰工作与生活的反思，其中一篇《别当甘蔗渣：荷兰的弹性工时哲学》，更是收到许多读者的意见反馈，很高兴看到许多人认同工作不应是生命的全部，生活中还有许多更值得我们停下脚步享受的事物；但困惑的是，发现也有不少读者对于"拥有更好的职场环境"竟是抱着绝望的态度。受到荷兰人及其乐观生活态度的影响，我竟也变成"没有不可能、行动便是关键"的信奉者，看到这类绝望的留言总会觉得特别刺眼，也因此当出现了写书的邀约时，我告诉自己：这是尽自己力量改变现况的机会，好好把握，借此能让更多人了解荷兰人的 Work-Life Balance 究竟是怎么一回事。

身在荷兰工作，的确有许多保障与福利令人相当羡慕，但除了羡慕，我更期待借由本书与大家分享我所观察到的荷兰职场文化，以及这些自称疯狂荷兰人的生活态度，让更多人可以见证"工作其实可以既认真又无负担"。

最后，本书能完成实在要谢谢我的妈妈，在我发现全职工作与照顾婴儿之际，实在难以应付写书而求助时，二话不说飞来荷兰，让我着着实实睡了两个月的好觉。还要感谢我的先生，在认识他后，让我体验办公室之外的荷兰生活，更在写书这段时间分担照顾女儿与家务的实质支持。

当然，还要谢谢我的荷兰同事们，这些快人快语提供我源源不绝的素材。以及感谢正在阅读本书的你，你的分享与参与，让本书得以发挥更大的影响力，让我们一同期待更好的职场环境。

林昭仪

目录
CONTENTS

# Chapter3
## 轻松愉悦的职场文化

# Chapter4
## 积极正向的有效沟通

# Chapter5
## 弹性思考的乐观态度

## Chapter6
## 最具幸福感的美好生活提案

# Chapter1

## 全球最具幸福感国家，荷兰人快乐的秘密

这不光只是一本告诉你如何提升工作效率与管理秘诀的职场工具书，也别误会它是一本"外国月亮比较圆"的生活介绍，而是要从"工作"与"生活"双面向，解构为什么荷兰人能两者兼顾，不论职场或生活都能过得精彩。我认为一切的关键就在于"逻辑思考能力的日常训练"。在每日的固定 24 小时内，决定出什么是最重要、有价值的事项，又该如何有效率地进行；而我们同样需要具备选择的智慧，思考在人生有限的时间内，职场成就、生活、家庭、个人兴趣等课题的优先级与比重，让自己活得快乐、精彩。

# 01 高竞争力的秘密
## ——国家不大，却拥有强大经济规模

每当我们谈到"与先进国家看齐"时，几乎等同意指的是美、日两国，社会的价值观念、消费文化深受其影响，希望能与其靠拢。

而在距离我们 9,500 公里远方的北海角落，在历史上也占有一定的篇幅。荷兰这个面积 41,864 平方公里、人口近 1,700 万人的国家，在教育、健康、经济综合表现的人类发展指数（HDI）排行高居全球第四，仅次于挪威、澳大利亚、瑞士，为极高度发展国家。其国土面积有 1/4 低于海平面，在受自然条件的限制下，仰赖贸易经济，却在国际舞台上表现得更为亮眼。根据经济合作与发展组织（OECD）的最新统计资料，在全球重要的 48 个经济体中，荷兰货物的贸易金额排名仅次于中、美、德、日、韩，而服务业贸易的金额同样以小国枭雄之姿排名第六，仅次美、英、德、中、日。低地国民们深刻认知自己是个小国，无法以武力取胜，也无法关起门来自给自足，因此，特别着重海外的商业贸易。从 400 多年前，荷兰东印度公司（VOC）便积极在海外拓展据点、建立分部，可说是世界第一个跨国公司，直到今日，众多荷商同样展现出强烈的企图心与经营长才而成为全球举足轻重的国际企业，譬如：世界最大石油公司之一的壳牌石油、金融服务业的 ING 银行，以及以家庭消费市场为目标的联合利华与飞利浦等。在世界经济论坛（WEF）过去 7 年来的世界竞争力报告中，荷兰缴出的成绩单相当漂亮，总是高居前 10 名，其之所以能拥有这样高度的竞争力，一项重要的关键是长久以来相当重视人才的培养与吸收，这一点从荷兰人（或荷兰公司）发明的许多划时代产品可见端倪，像是显微镜、医学 X 射线管、心电图、压缩光盘、DVD 等。人力资本指数（Human Capital Index）是针对教育、长远发展、竞争力、知识、事业发展机会、技术这 6 个项目所做出的综合评量，在涵盖 124 个国家的这份调查报告中，荷兰排名第 8 位（2014 年排名第 4），尤其在教育与支持年轻人事业发展项目获得了相当高分，这不但是促进经济持续发展的动能，而且对外国企业具有极大的吸引力，为此愿意来到荷兰投资，看准的便是员工的素质与能力，以及勇于迎接挑战、不怕改变，乐意学习新技能的特质。包括 Netflix、Uber、Booking.com 等新兴国际企业都选择在此作为欧洲总部，大阿姆斯特丹地区被营造成为高度国际化的贸易环境，聚集了全球精英，据统计，拥有永久居留身份的市民来自于 178 个不同的国家，让阿姆斯特丹成为世界融合最多元文化与种族的城市之一。

这个国家蕴含着如此强大的能量，绝对是十分值得探究的对象。借由了解其社会文化与特质，试图从中撷取精华，让我们找出属于自己的快乐与成功模式。

# 02 社会福利制度
## ——相对完善的机制打造国家安定

　　荷兰是世界上拥有最完整社会保障制度的国家之一，社会福利支出的比例占国内生产总值（GDP）的24.7％，这笔庞大的经费主要来自于雇主与劳工所缴交的社会保障税，等同专用于社会福利的国家保险，金额占国家总税收比例的41.2％。这笔税金在薪水汇入前便会被直接扣除，因此，人们大多会忽略薪水总额（Bruto salary），只看实际进入户头的税后薪资净值（Netto salary），避免为这么一笔从未入过账的薪水感到心痛。

　　相较于其他充分发展资本主义的已开发国家，荷兰及北欧等重视社会福利的国家更以充分就业、实行社会保障、收入与财产的合理分配为努力的目标。世界银行基尼系数[①]（Gini coefficient）是国家财富分配是否集中在少数人手里的重要指标，数值越小，代表财富分配越平均；数值越大，则表示贫富差距越大。荷兰的基尼系数为 0.29，与挪威、丹麦、瑞典、芬兰等国属于"财富分配相对平均"的国家，其他如日本、瑞士、加拿大、澳大利亚、英国等已发达国家（系数 0.30-0.35）的贫富差距则落在"相对合理范围"，美国的基尼系数则是达到"贫富收入差距大"警戒线的 0.40 以上。由此可知，荷兰与北欧国家可算是"均富的社会"。

当荷兰的人民遇到失业、生病、受伤残障、新生儿出生、退休等情况时，个人甚至整个家庭完全无须担忧会因经济问题而陷入愁云惨雾，因为规划完整的社会架构便是最强而有力的后盾，为他们适时提供必要的协助。若是因生病在家休养而长期无法工作（譬如罹癌），前 2 年仍会由雇主支付（至少其薪水的 70%，且第一年支付的薪金必须达到法定的最低薪资标准。）薪资，2 年之后将转由政府负担，作为其罹病期间的生活开销（支付金额上限为其薪资的 75%）；无法工作的残障人士可以通过申请获得

---

① 由犹太思想家阿尔伯特·赫希曼所发明，用以判断收入分配公平程度的指标数值，通常介于 0 至 1 之间，系数越大，该国居民的所得越不平均。

救济金；产妇待产假加育婴假共 16 周的时间也会给付全薪，而雇主在发放薪水后，便会从政府那边获得全额的补助。

荷兰人民认为，陷入困境的个人造成社会问题对于国家的安定绝非好事，建立援助系统才是人道且必要的机制，这让荷兰成为国民得以安心居住的国家。

# 03 快乐的秘诀
## ——荷兰人的知足心态，打造生活平衡

　　在联合国 2015 年的世界快乐报告里，依据国家 GDP、平均寿命、捐款程度、社会救助、自由程度、贪腐程度等项目，评估158 个国家人民的快乐指数，荷兰在此排行榜中位居第 7 位（次于瑞士、冰岛、丹麦、挪威、加拿大、芬兰），尤其在热心捐款这方面表现优异，这突显了荷兰民众在行有余力下也很乐意对弱势伸出援手，民间捐募款帮助的对象众多，从重大灾难时的国际人道救援、非洲艾滋妈妈到北海的海狗孤儿，甚至为拯救世界上受虐的驴子筹款。

　　有许多与快乐相关的跨国统计调查，询问受访对象觉得自己

是否满意目前的生活，满意度靠前的往往可以看到荷兰人榜上有名。人力资源社群网站 Linkedln 最新的全球调查指出，有高达 80％的荷兰员工满意现在的工作，是调查中劳工满意度最高的国家；联合国儿童基金会 2013 年的评估报告中，荷兰的儿童幸福指数为 29 个富裕国家榜首；从经济合作与发展组织（OECD）数据库数据，则可以发现荷兰女人是世界上真正达成工作与生活平衡（Work-Life Balance）的一群人，平均每天有 15 小时以上能睡眠、休息、从事喜欢的休闲活动，而超时工作的情况近于零（0.12％）。根据华盛顿邮报的报道，荷兰也是对男同志有友善环境的前十名国家，毫无意外地，在自评的生活满意度方面，荷兰男同志在被调查的 127 个国家中高居前三名。

荷兰统计局也曾做过针对国民生活满意度的普查报告：有一半的受访者很满意自己的伴侣，如此的高比例实在令人感到太不可思议（不过，话说回来，个性直接的荷兰人若与另一半处不来，应该马上就分手或离婚了吧）；在国民健康方面，有 70％的人很满意个人的健康状况，更有多达 85％的受访者，认为自己的心理状态甚至比生理状态还要健康；有 96％的大学生满意所获得的教育资源；90％的荷兰人满足目前的房宅与居住环境，若是生活在小城镇的人，因拥有大比例的绿地环境，其满意度更高于城市的居民；83％的受访者满意社交生活，即使是一般认为较辛苦的单亲家庭，满意度也有77%；仅有10%的受访者不满意目前的经济收入状况，尤其是居住在荷兰的外国人；而75岁以上老人虽然失去工作收入，但由于妥善的社会福利津贴、子女独立、房贷已付清等原因，反而对经济收入的焦虑感最低。

总体来说，仅有3%的荷兰人不满意自己的生活，给予1至4分的偏低分数，而高达85%的人感到生活相当快乐而满意，给出高于7.5分的评价。这些数据除了显示这是个适合居住的国度，另一方面也反映他们生活中总是感到幸福的知足心态，我不禁赞叹："荷兰人，你们真快乐啊！"在搬到荷兰生活之前，我与许多人一样，总是感到生活中的压力与焦虑，这些情况随着了解并实践荷兰人的生活思维后逐渐减轻。现在的我可以毫不犹豫地说："我很满足现在所拥有的、我很快乐"，这也就是本书的主要目标。若是感觉工作让你不快乐，生活的压力已经到达临界值，感觉想要的太多、却拥有的太少，希望在看完本书之后，你也能找到属于自己的快乐秘诀。

*Chapter2*

# 高度包容的自由式思维

　　荷兰人特殊的表达方式和直爽性格可以说是位于世界光谱的极端，这不只是"东西文化差异"，甚至一些在此生活的欧美民众也不习惯，直说"荷兰人真是疯狂"。由此可知，全然推崇、实践"荷兰思维"实在困难、也不必要，如同我会警惕自己别习惯于完全目标导向，避免太过功利性而显得冷血；相对的，太过滥情的思考模式也容易变成生活中的障碍，此时不妨加点荷兰人的"务实"作为调剂吧。此外，我也要强调荷兰的自由式思维，是伴随着绝对的责任，"为自己负责"更是荷兰的核心价值。

# 04 尊重与自由
## ——这是我的看法啦，你自己决定吧！

　　一般谈到，关于"荷兰"这个国家给人的印象时，不外乎合法的红灯区性工作者、可以吸食大麻、受法律保护的同性婚姻关系等。这些在多数国家是敏感、甚至被视为禁忌的议题，为什么荷兰社会能够保持开放态度？最主要原因是荷兰有不强迫他人接受自己意见、尊重他人决定的社会文化。你很有可能听到荷兰人说："我是不会去尝试抽大麻啦，但如果你喜欢，我也尊重你的决定，因为后果你得自己承担。"即使是面对亲朋好友有外遇之类的争议性话题，他们也很可能只淡淡地说："我觉得这样很笨、很不值得，不过，既然他要这样做，就自己负责吧。"对于这种牵扯到个人价值观的行为，荷兰人总是很自在地表达看法，却很少会出现"这样是不对的！""你怎么可以这样做！"这类武断主观的评论与争辩（但这是在符合法律规定的前提下，相当遵守规定的荷兰人对于钻漏洞的行为，可是会毫不客气地展现他们的"纠察队"个性）。

少了这些闲言闲语与旁人指指点点的压力，于是荷兰人便能随性发展，无须太在意旁人眼光、不需要害怕与众不同，而能自在地选择自己真正想要的。或许，当人人都十分独特时，就根本没有所谓的"与众不同"，在这里，博士开小吃摊或回乡种菜都是他们个人的人生选择，不会变成新闻报道的议题。荷兰人不仅是对他人的不同行为或决定有高度的包容力，对于"做自己"的自在态度，也让我印象深刻。记得我在做怀孕20周的详细产检时，遇到的医师是位女巨人，照超音波前她对我说："如果我看到不正常的情形会告诉你，但不要太紧张，不正常不一定是严重的坏事，像我是身高200厘米的女人，也是不正常，但没有什么大不了，我仍然很快乐啊。"

这种"尊重个人意志"的文化赋予每个人极充分做决定的自由，譬如，在健康无虞的情况下，孕妇能决定要在家里或是在医院生产；连新生儿是否注射疫苗也非强制性，完全由父母亲决定，有些父母会因为宗教因素而选择让新生儿不接种疫苗。在大多数人成长的环境中，许多父母的口头禅是"这样做是为你好"，然而，荷兰父母常常会把选择权交给小孩，但相对的，也要求孩子为自己决定的结果负责，这大概是荷兰人从小就习惯自立自强的原因吧。

我的一位荷兰朋友，有一次带两个小侄子到森林郊游时，看到前方草丛的植物会令人皮肤发痒不舒服，他警告小侄子们要把手臂抬高、不要碰到叶片上的细毛。其中一个小朋友正处于凡事说"不"的儿童叛逆期，因而不愿意照做（而荷兰友人也顺从小朋友的决定，没有强迫他听从），结果就是皮肤痒得难受，小脸上挂满了泪水，此时，友人才缓缓拿出药膏帮忙止痒。回程时，他们又经过相同草丛，不用多说，两个小朋友马上把手举得高高的。

荷兰人认为，做决定的能力是需要练习的，无法每次都能正确不失误，也不用害怕跌倒失败，与其凡事小心、担心做错任何决定而举足不前，不如从错误中累积经验，让下一次的行动更接近完美。我的女儿现在 8 个月大，我先生已经开始跟我沟通未来她的休闲活动：以后女儿可以自行决定想要学钢琴、体操、足球，或是其他任何她有兴趣的活动，但是我们要与她约定，在挑选决定后，这个学习项目一定至少持续一年，不能说停就停，让她知道必须为自己的选择负责。

相较于荷兰尊重自由个体发展的态度，传统东方文化则强调群体共同的价值观、道德标准、行为方式，会形成一些无形的约束。而荷兰与日本是两个对比极端的国家，曾经一位同事到日本度假，跟我说她在休假期间觉得非常痛苦，不仅在火车上要安静无声不能说话、每个人都还规规矩矩、十分克制，感觉没有任何自由可言，她还常常不知道做错了什么而遭受到异样的眼光。没错！我自己也对这种文化差异感同身受，这曾让初到荷兰的我感到非常不安，不理解为什么荷兰人这么"没规矩""爱做什么就做什么"，但现在的我已充分认识到并不需要为哪种文化"比较好"而争得面红耳赤，放宽心、多点尊重与包容，就是让自己轻松面对不同意见的良药。

# 05 务实与自立自强
## ——就当是上了昂贵的一堂课吧

荷兰房屋的奇妙特色之一就是高耸的楼梯，往往阶梯都窄小到需要侧着身才能上楼，转角处通常只是由几个狭小的三角形组成。有些房子的楼梯几乎夸张到像在攀岩，不是荷兰人的我，甚至得要手脚并用才会感到有安全感。原来，这种传统起因于古代税制是依照房子的"宽度"来收税，于是房子大多盖成像香烟盒的侧面（门面窄小并往深处，或往上发展），而在现代荷兰人的认知中，楼梯的功能不就是能到达楼上楼下嘛，何必占更大的空间？别看荷兰人个个高头马大，进入一般家庭的厕所，常常跟关禁闭一样，面积不过就一平方米，一个马桶加上迷你洗手台而已，但厕所的需求不就只是这样吗？够务实的民族吧！

"务实"就是看到事情最终目的、思考有效的解决方法。务实的脑袋让荷兰人时时刻刻都想着问题的最佳解法，难怪不论水利、道路规划、教育体制、劳工保障等方面，能设计出许多独树一帜的系统与政策。

此外，务实的性格较不容易出现太过情绪化的行为，发生的就已经发生了，重要的是思考该如何补救，或下次遇到时该怎么做，将目标着眼于解决方法，而非浪费时间在抱怨、抒发情绪或责骂。记得我还是工作新手时，有一次出货出了错，造成公司费用的损失，当主管知道后，只说了一句："就当作是上了一堂昂贵的课吧，摔得痛一点，下次才会记得！"至今，我在荷兰工作近 8 年，很少听过老板或主管只因为"做错一件事"便严重指责部属，人身攻击的情绪性语言更是少之又少。毕竟失误是人之常情，务实地寻求补救方法才是最好的解决之道。但有时候，荷兰人的"务实"特质如果过了头，在不同人的眼中就变成斤斤计较，像是吃饭结账各付各的时会说"Go Dutch"，谁也不欠谁，或是被解读成小气而不想请客，于是荷兰人的抠门形象变得举世闻名。这种情况甚至也会发生在父母与孩子之间，当我先生只是替父母代买一盒西红柿、一根大黄瓜，公公婆婆便立刻掏出钱来把账算清楚；反过来，若是请公公婆婆到超市代买杂货，他们事后也会很自然地拿出 4.95 欧元的收据，说"等你们有空再转账过来"。根据 ING 银行针对欧洲 13 国的调查，荷兰是给小孩零用钱最少的国家之一（仅高于捷克），这金额不到慷慨的意大利父母给孩子的一半，相对于荷兰的高人均收入，零用钱还真是少得可怜（5 岁以下平均每周 0.5 欧元；5 至 10 岁为 1.5 欧元；10 至 15 岁 5 欧元；15 岁以上为 12.5 欧元）。

在 30 年前，父母给孩子零用钱的原因是奖励表现良好；而现今父母主要是希望教导孩子妥善利用金钱的观念，若是有想买的东西而零用钱不够，就必须自个儿慢慢存钱，要不然就到超市打工，或是鼓励小孩想办法生财，找出有价值的商品或服务（大多数是父母或爷爷奶奶捧场）。由此可知，荷兰人从小便开始训练孩子自立自强。比如，一位友人从高中开始便在外兼职打工赚钱，在他拿到第一份薪水时，父母便告诉他："你开始自食其力了，应该要承担起一个成人应该负的责任。"然后要求他开始每个月都要支付一笔钱作为住在家里的房租。

以前，当我遇到有人需要帮忙，大多会尽力协助、甚至帮忙做到很好，但在我初到荷兰时，最不适应的一件事，就是被告知"这是你的问题，自己负责解决"。譬如，若与荷兰人聊起生活无聊，他们大概会直接建议，说"那你就要去认识新朋友啊！光对我抱怨是没有用的"。我们总是经常很贴心地为他人着想，但换句话说，我们也容易会预期其他人也应该要为我们着想，所以当没有得到期待的关心或照顾时，可能会演变成恼怒的指责"你怎么这么不体贴、没有礼貌"。在我们的生活周遭与新闻报道中，越来越多的纠纷便是源自于自认没得到应得的对待，譬如，指责对方"为什么不让座给我""为什么拒绝帮我服务""为什么不给我特价"等。这类对话若是发生在荷兰，习惯了自立自强的他们大概完全无法理解，而且还会直白地响应说："这不是我的问题吧？你要自己想办法解决啊！"

从 26 岁开始在荷兰生活之后，我才算是真正地学会自立自强，认清"没有人有义务帮我做任何事"，唯一对满足个人需求有责任的人，就是自己。当下转念后，每当获得协助时，我总是能怀抱感恩的心情，而非将其视为理所当然，那些"因没被妥善照顾而产生的不爽心情"自然也就消失了，取而代之的是感谢与受宠若惊。

# 06 直言不讳
## ——抱歉，我就是这么直白，不怕得罪人

若上网搜寻对荷兰民族特性的评价，不外乎会出现这几个形容词：粗鲁、好斗、直接、具批判性（Rude, Aggressive, Direct, Critical），荷兰人以这些特殊性格而闻名世界。

事实上，若你只是在阿姆斯特丹待上几天的观光客，非但不会感受到这些负面形容词，还可能对这个城市留下友善、亲切、笑容满面、乐于助人等正面印象。但是，当你有机会与他们频繁接触或交换意见时，大概就能体会到好斗、批判性格这些形容词究竟从何而来。

有趣的是，荷兰人大概也知道自己这种特殊的民族性，除了

会自嘲是"疯狂荷兰人"之外，有时还会拿来影射某人很难搞，在我的办公室里就曾出现过这样的情形：同事Ａ形容同事Ｂ是"典型的荷兰人"，要大家包容他的直接跟粗鲁，同事Ｂ辗转得知后响应"我才不像荷兰人呢！Ａ才是典型荷兰人。"让我这个外国人在旁听得哭笑不得。

你会不会因为怕得罪人或为了礼貌，而隐藏自己真正的看法？一般荷兰人大概没有这种内心的纠结。"我不喜欢这样""我不喜欢你这样做"可以极为流畅地从他们口中说出来，仿佛不在意是否得罪别人或是在乎别人怎么想。某次在路上看到与我家同样的车款，我与旁边的荷兰友人聊起，他便直言"我觉得那个车很丑，长得像熨斗。"虽然我已经习惯荷兰人直截了当、毫无忌讳的说话方式，但难免心里还是会嘀咕："快问我同样的问题，老实说，我真觉得你的车子形状像棺材，我已经忍很久了！"

也由于习惯直白地表达自己的看法，荷兰人对于"言外之意"总少一根筋，不懂得"装客气"这回事，在他们的认知中，认为别人说"要"就是"要""不要"就是"不要"。于是会出现以下这种情况：一群人吃饭，结账时总是亚洲人站出来说："这顿我请。"荷兰人往往会回答："真的不用平分吗？那好吧，让你请，谢谢喔！"

荷兰人也不怕对人说"不"，你很难逼迫他们做出真的不想做的事。譬如，做生意总是少不了应酬，尤其是在热爱干杯文化的亚洲国家，但对于午餐就开始喝烈酒，或是不断互敬、干杯这种方式，荷兰人仍是敬谢不敏（即使他们也知道在一些国家里这样拒绝是不礼貌的），也会老实地跟对方说："这样喝对身体不好，谢谢招待，但我不喝了。"又譬如，在荷兰没有乌骨鸡，也几乎从来没看过鸡脚跟鸡头，因此，在他们眼中，以全鸡整只炖煮的乌骨鸡汤，就是一锅黑漆漆的诡异食物。到中国台湾出差时，好几次被热情招待时，我的荷兰同事们坚决不喝，还私底下问我："为什么他们要一直逼我？我不觉得我吃了会身体好啊！还有臭豆腐，我认为吃了可能会生病。"相比较，东方人的极度热情在他们看来却带些许强迫性，与荷兰尊重个人自由意志的差异形成强烈对比。

当务实又直言不讳的荷兰人，看到别人无法妥善解决的事情，总会忍不住埋怨一下，即使不是他的专业领域，仍会帮忙想好解决方法，建议你该怎么做，最后再习惯性地加上一句："不过，还是看你自己决定啦。"一位同事多次出差，总是在某机场遇到班机延迟，抱怨说："这个机场的管理真的很没效率，该派一组人到荷兰史基浦机场学习如何控管。"或许是因为我在工作上接触的荷兰人多半是创业家，或从事销售业务，于是此种批判程度又更为严重，每当与同事出差时，程度轻者，会在早餐时与我讨论饭店水龙头与浴缸的设计不符合需求、书桌摆设的方向是否方便使用；行为严重者，在退房时，还会好心地为接待柜台送上一张"改善清单"。

对于这种直率个性，一方面我心想"又不是职业评论员，难道就不能让脑袋关机休息一下吗？"但就另一方面来说，对于这种有如强迫症般地批判性思考，我也颇为佩服，毕竟荷兰人就是因此而能时时刻刻发掘事物的问题点，找出更好的解决方法。久而久之，我发现连自己也不知不觉地开始注意日常生活中的事物与细节，并不断地自问"怎么做会更好"？这是一种推向进步的训练过程。若是你遇到荷兰人高谈阔论该怎么改善这个、改善那个，请相信他们绝无恶意，真的只是无法忍住不多给一些建议罢了。

# 07 积极争辩与妥协
## ——我们只是比较激动地讨论而已

当我初到荷兰某公司实习时，经常处于精神紧绷的状态，不时会听见同事们互相争辩，有时甚至到达"咆哮"的程度。当时还不懂荷兰文的我，完全不知道到底发生了什么严重的事（我公司所在的 Westland 地区多为农业背景，当地人的直爽程度，又被称为荷兰人之最），后来才知道，他们称这种情况为"讨论"。

而且，在我看来，最神奇的是通常这种争辩完全不牵扯到个人恩怨，很快便又相安无事，可能在下个 Coffee Break 就肩并肩地聊起足球了。这让我真的体验到何谓"完全就事论事"的境界。

此外，荷兰人积极争辩的特性，尤其表现在收到罚单后。由于民众有抗辩罚单的自由，且警察单位有义务在 16 周之内予以回复，许多荷兰人在收到罚单后，会写信申诉不同意缴罚单的理由，若是超过 16 周没有收到回复，罚单即自动失效、无须缴交。因此，大家都默默希望这期间有许多人同时提出申诉，这样主管单位便来不及在期限内回复，也就无须缴交罚款了。记得有一次，我在天黑后才回家也没有准备脚踏车灯，便"幸运地"遇到了警察并被开了罚单（荷兰规定天黑后骑脚踏车一定要开前后灯）。隔天，我到公司后便跟同事提到这件事，同事先是同情我就这样丢了 40 欧元，后来灵光一闪，突然极为认真地对我说："你是昨天被开罚单的吧？昨天公司巷口不是发生了火警吗？你写信去申诉，说脚踏车灯因为火警而坏掉了，警察可以查到火警的记录，没问题的！"

当时的我觉得这样做实在很蠢，应该行不通而没有照做。不过，在经历这几年更了解荷兰人之后，现在如果再发生类似的状况，我大概也会这样做吧。

自小习惯为自己发声的荷兰人，对于争辩这件事感到很自在，或者说，在我看起来是"争辩"，但其实两位荷兰事主都只是认为在和彼此"讨论"、充分发表各自的想法而已。他们会不断论述、表达自己意见，虽会产生强烈的争论，但又会因为尊重他人的意见以及习惯性的开放式思考，最后常会出现戏剧化的妥协：

"好吧，你说服我了，就照你说的做吧！"或是"你说 A，我说 B，不然我们用 C 来解决好了。"

在我们原始的意识思维里，争辩往往会导致不快，而问题也得不到解决，所以我们会尽可能地避免争辩。但老实说，在荷兰待久了，我渐渐习惯直接的说话方式，开始觉得不用刻意压抑情绪真的好轻松，否则闷着不说，也只是不断将问题发生的引爆点时间延后而已。争辩可以把问题在当下摊开来检视，有冲突才有机会共同找到解决的方法。

# 08 乐观与幽默
## ——行车记录器是做什么用的？

某种程度上，荷兰人似乎是生活在乌托邦，少有不安全感，个性单纯又无戒心。这里的一般住房多是低矮的房子，再加上超大片的玻璃窗户，在此住了这么久，似乎从没看过铁窗，因为没有人愿意为了防范偷窃，而选择把自己关在铁笼里。反倒是脚踏车被偷的事时有所闻，因此，在我买新脚踏车时，听从了店员的建议加保一份失窃险，三年内若是脚踏车被偷，可以获得一部等值的新脚踏车。我对于有胆敢承保这种失窃险感到不可思议，不会有人假装被偷然后多换一台新脚踏车吗？两年后，我的脚踏车在公交车站消失了，于是到警察局报案，描述在哪里失窃、脚踏车的型号、留下个人资料，之后拿着报案证明到脚踏车店，附上两年前的购买证明，以及原本配备的两把钥匙（两把钥匙都要有，证明脚踏车不是因为自己忘记拔钥匙才被偷的）；接着，店员上网申请，10 分钟内便获得批准，现场就带走了新脚踏车。我忍不住想，这样的做法毕竟很容易被贪小便宜的人操作，若不是基于某种程度对人性的信任，实在不会推出这种失窃险，仿佛贪图免费新脚踏车而假装被偷这种想法，从没出现过在他们脑袋中一样，我甚至不好意思与别人讨论有心人士可能怎样假装失窃，免得显得自己好像一直想着如何偷鸡摸狗。但也是因为这样乐观朴实的环境，让我更喜欢住在这里。

　　与荷兰人闲话家常，有时真觉得，他们有种"没看过坏人的天真"，其中最经典的，就是我从未在电器商店、广告、搭过的车上看过行车记录器，就连向我老公提议帮我家的车子装上一台，他也只说"不需要"而拒绝。同事们都说，若是遇到交通事故，保险公司不需要行车记录器的数据即可理赔，我不死心，想说："一定找得到谁有装吧？"有位同事想了一下，便回答："大概觉得沿途风景很漂亮，想记录下来的人会装吧！"我还特地确认他是真心这样觉得，而非要幽默。直到最近，警察机关开始鼓励民众装设行车记录器，希望必要时可以协助厘清犯罪或交通事故的实际状况，但新闻报道询问一般民众的意见，大家仍是兴致缺缺，认为完全不需要花这笔钱。

我喜欢荷兰生活的另外一点是面对意外也能淡定、从容，没有什么大不了的事需要一直战战兢兢、紧张兮兮。在家族聚会上，大家围着在院子里晒太阳、喝啤酒、吃点心，突然有小朋友打翻桌上的啤酒杯，好几个大人一边退后闪躲流下来的啤酒，一边同声地说"喔！耶！""还好你打翻的是爷爷的啤酒、不是我的！干得好！"就这样，大家收拾一下碎玻璃，善后也就没事了，完全不会出现任何责怪的言语。

或许是这种从小就培养的环境，让荷兰人具有以光明面看待事物的幽默感，反讽能力也是特别厉害。有一次，我和荷兰同事们到中国台湾出差，听到客户抱怨现在的职员真难找，不然就是没做多久就消失不来上班了。荷兰同事一听到马上问："哇！你给他一个月多少薪水啊？"接着便幽默地说："帮你上班两个月居然就已经赚够、可以回家休息了！"

# 09 善于组织，按表操课
## ——待我先查查行事历

对荷兰人来说，文件夹算是生活必需品，家家户户都可以找到两本以上有着详细分类的厚重文件夹，内容包含每个月的薪资单、水电费账单、保险、每年的报税数据单、退休金数据单、各式家电的保证书、各家供货商的合约、各式说明书，甚至好几年前购买沙发的收据。

荷兰人之所以养成这项特别的习惯，主要是为了满足报税的相关需求，有任何能用于扣抵税金的收据，理所当然都要统统留下来。此外，荷兰民众从不怀疑政府追税查税的能力，因此，各种数据单据都会尽可能地完整保存，以免因交代不清而遭到巨额罚款。譬如，许多荷兰人会保留薪资单长达好几年，若被查税时有义务要提供。另外，购买对象的收据、保证书也妥善分类保存，以防日后需要保固、维修，或是在损坏、遗失后能够申请保险理赔。但是，有一些东西我也想不通为何需要保留，大概是一旦开始把信件都分门别类后，理所当然地就会踏上搜集与整理控这条路，一去不回头吧！

荷兰人习惯事先清楚划分双方的责任与义务，因此，在订购各类服务性商品或购买较高单价对象时，常需要签署白纸黑字的合约。有时候，我真的感觉自己好像是在家工作的秘书，得将所有信件打洞并一一分门别类，其他诸如整理不完的账单、不时签名、扫描合约书，还有最重要的就是登记各项预约时间。

想象一下，当开车经过好友住家附近，想顺道拜访喝杯茶聊聊近况，于是拨通了电话说："五分钟后，我就到你家楼下了。"但这种事在荷兰绝对不会发生！因为这会被视为不礼貌的行为，荷兰人的想法是"怎么可以没事先预约，就出现在我家门口呢？"

关于和亲友预约行程这件事，荷兰人的标准作业流程是至少提前一周，双方拿出行事历对照，从忙碌的行程表中找出双方都空闲的时间。没错！就连想到爸妈家探望一下、喝杯咖啡也得要事先预约。

荷兰人除了原本就偏好组织、规划、分类等特质外，也因为有繁忙的社交活动，所以特别依赖行事历来安排他们的生活。毕竟多数荷兰人生活之忙碌、参与活动之复杂，让他们的行事历精彩到足以媲美牙医诊所的门诊预约本。有许多荷兰家庭在厕所的墙上，还会挂上一本长条状的日历（为什么会出现在厕所墙上已不可考据），这本日历就专门用来记载亲朋好友的生日，方便准备生日贺卡，或是预期何时可能要参加生日派对。真的完全可以用"按表操课"来形容荷兰人对行事历的依赖度，甚至习惯用1到52周来精确描述他们年度的时程。

无论是私人行程或工作场合，都要尽量早早计划好，这样除了能做足事前准备外，另一个好处是能去除不确定性，更有效率地利用时间。譬如，我在每年重要商展的三天内，可能需要与五组重要客户洽谈，我们便习惯事前联络，约定见面的日期与时间（即使有些客户不习惯预约，也能因此让他把时间确定下来），以确保有足够时间与每位详谈，否则若是全部客户集中在同一时段出现，想必会手忙脚乱、难以应对，或其他时间因为没人造访只能傻傻地等待，浪费了宝贵的时间资源。

即便是私人的活动，荷兰人也会事前规划，毫不随兴而为。与人约定下午两点半喝咖啡，对方往往就会准时到达、并准确地控制会面时间。这么一来，主人便知道两点再买蛋糕点心也来得及，还可以计划在四点半出门，进行下一轮拜访朋友的行程。时间就是金钱，荷兰人绝对不会肆意浪费的！

# 10 家庭与生活
## ——我需要 Quality Time

为何要不断强调 Quality Time 的重要？以简单的一句话说明，就是荷兰人认为"家人"比"工作"重要多了。他们有时毫不掩饰地抱怨工作太多、太累或是太无趣，要不然就是很认真地诉说烦恼，像是："我今年已经 7 个月没出国度假了！"当我第一次听到的时候，心想"荷兰人年假 25 天还抱怨休息不够？"简直白眼都快翻到后脑勺了。

"工作只是为了有钱过生活（度假）"，这句话是一般荷兰人对工作的共识甚至在我提出"荷兰人不喜欢工作"的观察结果，旁边的荷兰友人一脸疑惑不解地看着我，仿佛想问："这句话有需要讨论的必要吗？"而荷兰人就是跟老板摆明了"我工作的主因就是需要钱过生活，不然的话，我就躺在阳光下或海边，不需要待在办公室了。"

荷兰的职业妇女中，有高达 86% 的人每周工作 34 小时以下。换句话说，绝大部分荷兰妇女选择兼职工作，而非热烈追求工作领域的成就感。

不同于日本的职场常态，日本女性在婚后大多会选择将重心转移至家庭，甚至选择退出职场（不论是因为主动或被动），荷兰女性选择兼职的理由倒是呼应了荷兰的中心思想："我兼职是因为单薪不足以支撑家庭支出，兼职的薪水只要够补足日常开销就好，何必把自己搞到那么累？"于是，荷兰妇女会利用兼职上班以外的其他时间来陪伴小孩，做自己喜欢的事，譬如学画画、摄影、乐器，和朋友喝下午茶等。

我曾读过一篇文章，称赞荷兰女人很聪明，只要家庭收入足够了，能不工作就不工作，勇于选择个人偏好的生活形态。对于荷兰妇女的例子，不积极参与职场不是因为女性主义未崛起，而是正好相反："老娘就是想留时间喝下午茶、陪小孩去动物园。钱够用就好，不要逼我去上全职班，那实在太累了。"

其实不只是女性，跟其他国家比起来，以荷兰男性来说，大概也不算是对工作牺牲奉献、鞠躬尽瘁，他们几乎每天都回家吃晚饭，不用跟老板或客户应酬，也会为了小孩生日而请假、时间上有冲突甚至要求客户改期拜访，试图安排每周一天的"爸爸日"和孩子好好相处（12%的父亲每周工作减少为4天，以多出一天休假与孩子相处）。

Quality Time 是他们的口头禅之一，尤其是指与孩子之间相处的质量，可见家庭生活对于荷兰人来说相当重要。每当谈到亚洲的工作模式，我的荷兰友人最常提出的问题是："你们工作到这么晚，怎么会有时间跟孩子玩、交流、沟通？"于是我又得继续解释："孩子上完补习班也差不多这么晚回家啊！"然后坐在对面的荷兰人嘴巴就张得更大了。另外，我常听到的误解就是："荷兰人薪水高，所以他们有本钱可以不用加班啊！"其实并不是！就像荷兰友人半开玩笑说的："在荷兰，若是把钱放在银行不动的话，它不但不会增加还会不断地消失。"这指的是各项的自动扣款、服务费、税收等，如果再考虑到荷兰的高物价（尤其在交通、外食餐饮、服务方面），以及高税率（在2015年，年薪0至19,645欧元的税率即高达36.5%，19,645至55,991欧元的累进税率为42%，55,991欧元以上的累进税率为52%；此外，销售红利、出差补贴等额外收入税率即为52%）。所以，荷兰人的薪水大概也仅够打平生活所需，少有剩余储蓄。

以我的自身经验来说，在荷兰生活后，金钱收入压力减低的主要因素有以下这几点：

（1）买房没压力，根据薪水具备多少还款能力，银行决定愿意贷多少钱，不会让客户因超额的房贷而压得喘不过气来。

（2）让孩子们自立自强，不刻意存钱留资产给孩子。

（3）降低物欲，不崇尚名牌，至今大部分商店仍18：00点关门，星期天不营业。

（4）"累积财富"没实质的意义。对大多数人来说，钱够生活、够度假就好，退休后的生活基本开销靠政府补助。

回过头来想现如今很多人的状态是：每天汲汲营营努力赚钱的原因，除了赚取生活必须开销，不外乎因为"别人有，我也想要"而不断增加的物欲，现在流行新款贵妇包、高档吸尘器、进口儿童玩具、高级食材精致餐厅，看了别人的开箱文之后全都好想拥有；步入中年后开始担心孩子今后无法过好生活，想帮他买套房子，于是钱似乎怎么赚都不够用。

我在改变自己的观念后，工作的心态就真的变得轻松许多，甚至觉得，上班比较像是开心地去赚零用钱，过程中更是有得学、有得玩，而钱赚得够用就好，若因此而压榨生活质量，就太对不起自己了。

# Chapter3

# 轻松愉悦的职场文化

荷兰的工作场域与私人生活界线明显，表现在上、下班时的活动不彼此混淆，也绝少套交情、私下送礼请求帮忙，这也是荷兰政府清廉指数总是名列前茅的原因。在一切讲求快速的现代人眼里看来，荷兰政府或公司机关的"办事速度"颇为悠哉、一切慢慢来，因为没有台面下潜规则或因人而异的状况，当谈到"办事效能""善用每一分钱"，自然是成效突出。

# 11 公开而透明
## ——没有秘密的办公室，还有咖啡文化

荷兰人对具有穿透感的建筑设计情有独钟，许多房屋皆有占墙面2/3大小的大窗户，或是有整片的大落地窗，即便是经过的路人都可以轻易看透屋内的摆设、甚至办公人员的一举一动，但荷兰人仍旧安心自在，只关心是否能有充足的阳光洒进屋内。办公室的建筑也不例外，在外墙方面，特别钟爱玻璃帷幕的透光感，以便随时能欣赏到外面的蓝天白云（如果运气好没下雨的话）。

就连办公室的内部设计，荷兰人也喜爱开放式空间并大量采用透明玻璃，即使是一般认为需具备隐私性的会议室、主管办公室，也运用了完全透明的隔间，谁和谁在开会、谁来拜访，或是

谁正在进行什么内容的报告，一旁经过的同事都可以看得清清楚楚，仿佛无声地在传达着荷兰的普遍企业文化：诚实公开，没有任何暗箱作业。

至于办公家具方面，荷兰人也逐渐舍弃枯燥而老派的传统办公桌，而改采较为新潮的极简设计，越来越多的企业使用如卵形、弧形，甚至是站立式的办公桌与会议桌。据研究显示，商务会议室中使用卵形的会议桌，能改变一板一眼的交流方式，并改善会议或谈判的紧张气氛，达到更好的沟通效果；若使用站立式的吧台桌面，则很适合需要大量创意或进行脑力激荡的场合。荷兰设计的另一个特色，就是高饱和度的配色，如鲜黄色、草绿色、桃红色、亮粉红等鲜艳色调，许多办公室或大学教室不但不会有生硬、无趣的感觉，鲜艳的配色甚至亮眼到让人以为来到了设计活泼的幼儿园。

除了与众不同的设计文化之外，咖啡文化也是荷兰社会中相当重要的一环，许多荷兰人把咖啡当水喝，而且大多是不加糖、不加牛奶的黑咖啡。另外，他们总是咖啡不离身，早上起床一杯、进办公室一杯、早上及下午的"咖啡时间"各一杯，回到家晚餐结束时，再来一杯作为一天的完美句点。从荷兰市场上夸张的咖啡机销售数字，就足以看出咖啡对他们有多重要了。

在一般超级市场、银行的公共区域，往往也可见免费供应黑咖啡的公用咖啡机。因此，你可以想象，咖啡机在荷兰办公室中绝对是必备的设备，尽管在荷兰人的刻板印象中，往往会把"公司的咖啡"与"难喝"画上等号，但有些公司会把交谊厅的咖啡机换成高档的现磨咖啡机，借此宣告其为重要的"公司福利"之一，而福利再好一点的公司，还会在一旁放上无限制供应的小点心。

虽然荷兰人咖啡喝得多、历史也悠久，但和欧美其他国家相较之下，仍保持较为传统的模式，外带咖啡文化尚未成熟，甚至有很多荷兰人还不知道（或不习惯）冰咖啡、冰咖啡拿铁。几年前，我曾经多次与不同的荷兰同事到中国台湾出差，或是与荷兰亲戚在中国台湾旅游，当他们看到超商卖的罐装冰咖啡拿铁，总是露出一脸恶心、不敢置信的表情，直到亲身尝试后，才像发现新大陆般地说："应该进口这个好东西到荷兰的！"

就像我们很难想象，尽管星巴克在全球已经有超过两万家的分店，但在荷兰这么重视咖啡的国家，星巴克却直到2007才进驻，而且当时全荷兰只能在史基浦国际机场内，找得到一间只有狭小柜台、数张桌椅的极简门市。直到近几年，星巴克才开始在火车站、大城市、大学校园附近扩点，或许正是因为咖啡是如此不可或缺、随手可得的饮料，要节俭的荷兰人愿意花上两至三倍的价钱在星巴克消费，还真不是件简单的事。

# 12 注重团队合作氛围
## ——不拘小节，是鲁莽还是率直？

在许多亚洲国家的文化中，总是会习惯在拜访时送上礼物致意，因此，我总是在接待亚洲访客后收到一些日本和果子或中国台湾凤梨酥等伴手礼，拿到办公室与大家分享时，同事总是半开玩笑地说"我们最喜欢你的客人了！"因为在荷兰的商业文化中，与客户见面就是扎实地握个手，完全省略交换礼物的步骤，也不需与合作伙伴吃饭应酬，由于公与私的分际明显，也极少会有邀请客户到家中用餐的情况。在买卖双方皆为荷兰公司的商业环境下，双方聚焦在彼此能如何提供实质的益处，而不重视投资时间在建立深厚私谊，因为即使有交情、关系好，也不代表一切就能方便、顺利。

虽然不太在意交情的深度，但广阔的交际网络是荷兰商场上很重要的一环，目的则是为了获得更广泛、更快速的讯息。荷兰人也十分擅长组织各种交换讯息的场合，譬如，在商会中安排官方人员与有兴趣扩展业务的公司彼此面对面，直接提问与解答，这类场合最重务实，讲究实际成果、能获得什么有用的信息，而非形式上互相吹捧的场所。

虽然荷兰人看似百无禁忌，但在工作场域里仍有些需要避免的行为，例如，试图展现身份地位、摆架子，便是不太明智的做法。在荷兰的办公室中，年长、资深或处于较高职位，并不代表有比较大的权威，由于组织架构大多精简扁平，没有专门服务、泡茶、接电话的助理，主管和长官要喝咖啡得自己倒、需要影印时自己印，若需要帮忙，就必须"请托"部属，如果使用命令、指使的态度，部属是不会接受的。

炫耀财富同样是不讨喜的办公室行为，所谓的"小气荷兰人"其实只是他们讨厌把钱花在自认没意义的事物上，特地炫耀新买的 LV 包包是不会招来羡慕的眼光，大多的人只会给你"我不理解你为何要把钱花在这上面"此类的直白回应。前述的两者程度较轻，最多让人嗤之以鼻，但不诚实、违反法规、刻意投机取巧钻漏洞，则是办公室里颇为严重的忌讳，会让自己的人格受到严重的质疑。一般的荷式企业文化，除了非常具有特色的坦率、直接、不客气之外，注重效率、高生产力也是其特点。在荷兰的工作场合中，非常重视团队合作的氛围，面对每个挑战，就像打一场精彩的球赛，同事间互相支持是最好的团队运作模式。这样的环境，与其说办公室里的同事们彼此竞争，倒不如说大家都期盼自己能做到最好、努力表现。除了上段所述的忌讳，在荷兰工作场所中，相处上大多是直率、不拘小节的模式，没有太多的繁文缛节，甚至有时在我看来还实在有些鲁莽。"对不起"不会是荷兰人时常挂在嘴边的词，若是需要借用笔，直接伸手去拿最快，甚至可能看到别人桌上放着有兴趣的文件就很自然地翻阅，公事的言辞对话也多半简短而清晰、讲重点。对于有礼貌但冗长的开场引言，或是为了表现友好而不停恭维的对话，他们常常会在脸上不小心露出一丝不耐烦的痕迹。

# 13 弹性的上班时间
## ——就算是早上 5 点进办公室也没问题！

　　曾有一次与一位陌生荷兰人聊天，他说他每天开车来回 2 个小时通勤上班，若是在一般的尖峰时间上下班的话，塞车会让通勤时间增加到 4 个小时，于是他就跟老板提出要求，每天早上 5 点进办公室，下午 2 点下班。他很满意这样的作息时间，让他在下班后还有时间买菜，否则，他还得赶在超市下午 6 点关门前匆匆忙忙地完成购物。上一章曾提及，荷兰人具有开放式的思维，能够提出不拘泥于旧有做法的选项，也保留良好的弹性时间来接受各式解决方案，这一特点又体现在弹性上班时间、工作地点方面。荷兰员工可以依照个人的生活模式，自由地向雇主提出调整每周工作时数的需求，或者提议调整上下班的时间。譬如，一位爸爸申请将工时由每周 40 小时减少为每周 36 小时，每个星期三下午放假作为他固定的"爸爸日"，以便接小孩下课、陪小孩踢足球；双薪家庭若需轮流接送小孩到幼儿园，也可向公司提出每星期二、五晚两个小时开始上班，每星期一、四要提早一个小时离开公司的方案。

法律规定，荷兰雇主不得拒绝员工调整工作时数的要求（当然，降低工作总数时薪水同样会减少），除非公司能提出无法配合的具体事由。甚至在实际判例上，商业利益很少被认可为足以拒绝的充分理由，因而多数公司的做法是事前与员工协商、了解员工的需求，试图寻求调整工作时间的可行方式。

最近荷兰政府甚至将弹性工作的规定修改成更有利于劳工，将原先需满一年年资才有资格调整工作时数，修改为只要具备半年年资即可提出；若是雇主有充足理由否决调整时数，劳工原先需等待两年之后才可再度申请，也缩短为一年后即可再提出申请。

后面第五章将提到，荷兰的平均工时是世界数一数二地少，这并非因为大家的工作量较低，而是来自于极高比例的兼职。正常全职工作者每周工作时数为 36 至 40 小时，而有 38.7% 的荷兰劳工每周上班时间属于 30 个小时以下的兼职工作，有了法律规定的支持，奉行 Work-Life Balance 的荷兰劳工申请减少工时或转为兼职便更有保障，也更简便了。

在家工作（或部分时间在家工作）属于新形态的弹性工作方式，员工在工作期间有更多自由、不需花费时间在通勤，对于家中有幼儿的在职父母来说非常方便；但另一方面，雇主同样也因此受惠，省去扩张办公室等相关支出、也节省了支付给员工的交通费，最重要的是借由消除工作上与生活上的冲突，提供员工安心工作的环境、时间，增加员工的稳定度与向心力，而这是对于公司长期发展很重要、却常被忽略的隐性条件。

根据 2014 年的调查统计，有 44.9％的台湾上班族在过去一年中，曾有延长工时或是加班的状况，其中的 19.9％并未获得加班费或是补休。此外，在劳动部的调查中，更有高达 33.2％的企业每周工时超过 42 小时，违反当时法规（双周 84 小时）。如果负责管理的权责单位在调查结果中看到有这么高的违法比例，真是相当讽刺的情况。更令人无言的是，还有不少人是从"我一天上班 12 个小时也没加班费啊，你才 10 个小时，凭什么吵着要加班费？"从这种角度来看待积极争取权益的工作者，或许这与俗语"媳妇熬成婆"背后的传统思维有关，希望别人也要经历自己遭受过的苦这种奇妙补偿心态，但请记得：你的态度扮演着极为关键的角色，适时反映不满、争取基本权益，绝对是非常重要的事，虽然不保证会吵的孩子有糖吃，但老板看到不会吵的雇员，就会把糖都拿去吃完了！

# 14 极佳的工作效率
## ——辩论式的开会模式与休假的议程

在工作场所中，你所认知的例行会议是何种模式？将时间浪费在没效率的会议上，总是让人感到心烦气躁，因为没有提出建设性的结论，只会浪费时间。若是老板一人滔滔不绝，员工在底下猛打瞌睡，似乎也不是太美妙的事。以上这两种情况虽不常在荷兰职场里出现，但并不代表荷兰人开会总能速战速决，有时还是会出现结束不了的漫长会议。由于在荷兰的职场文化中，他们重视听见每个人的声音（或说，每个人都希望自己的声音能被听见），于是会不断地征询意见、来回辩论、寻求共识、最后彼此妥协以取得结论。我只要一想到，必须参加有六名以上荷兰人与会的场合就感到头昏，可以想象那种你来我往、唇枪舌剑争论的激烈场面，会议室经常有如战场，实在不是心脏承受力一般的人能够从容面对的。

除了上述这点外，办公室会议大多具备良好的组织。由于荷兰人擅长分析方法与注重背景资料，会议往往能聚焦于准确的事实、证据或数据上（较少介入情绪性的议题），在权责分明的情况下，决策者要负责承担风险与后果，因此，主管总是希望能在会议中获得详细的信息，与会人士都要准备充足的数据。而事先建立会议流程、拟定开会要点，轮流负责做会议记录，会议后寄出结论摘要给与会人员，都是确保会议能流畅进行、翔实记录、并将决策确实付诸实行的做法。在荷兰人精打细算的脑袋中，他们真的会把时间换算成金钱，因此，由上而下指挥作业、然后再层层向上呈报的流程，在他们眼里简直就是拖垮效率的交互方式。他们宁可省去层层叠叠的组织架构，选择各司其职的扁平组织来加速互动。荷兰企业的主管大多会充分授权，并将决策过程透明化，在会议中一旦充分讨论、消除歧见后，便由出席者确认所做出的决定，大多就可以立刻着手实行了，不用再次向上呈报、寻求批准（除非会议中的决定需要再向上呈报主管）。

荷兰办公室的例行会议中，通常还会包含两样有趣的议程，即"休假计划"与"行动要点"。由于年假天数多，不时有同仁规划度假、消失两三个礼拜，因此，在例行会议中，讨论大家的休假计划便成为很重要的议程，以确保大家的放假时间尽可能地错开，不会发生太多人同时不在办公室的情况。有这样的议程内容，在会议上，大家便于向同仁交代工作上的职务代理人、还有哪些事情要完成，也顺便聊聊自己要去哪个国家、排定了哪些旅游行程。

关于"行动要点"，更完全展现荷兰人的目标导向与高效率。例如，在工作团队的例行会议中，会回顾过去一周是否都如预期顺利出货，任何人都可以提出遇到的挑战或来自客户的正反面响应，不论职称高低，都不会害怕开口要求或提出批评。此时，除了将众人提出的反馈写在会议记录里，还要写下如何进行下一步的行动要点，譬如"这批货（植物）受到冻伤、已经要求客户寄回温度记录器，收到温度记录器后，由物流主任负责检查数据，若发现是空运途中出现低温情况，立即通知货运公司与保险公司""客人反应对这批货质量满意，由销售助理通知品管部门主管，并且表达称赞与谢意"，虽然看来烦琐，但可以确保在会议中提出的改进事项，都能获得有效且及时的解决，并且确认由谁负责进行。

对于极度依赖行事历过活的荷兰人来说，会议时间总是早早就预约好了，不论会议重要与否，都可能已于数周前、甚至两个月前便预约好时间。也因此，荷兰人颇为在意他人准时与否，若是参与会议迟到、又不提前通知，往往会损害到个人形象，被其他的与会者认为是缺乏时间管理观念又不可靠的人。

# 15 休息时间
## ——超精简午餐与 Coffee Break

刚到荷兰实习时，午餐时间总是让我很烦闷，时间只有 30 分钟，环顾左右同事们的午餐，大多是吐司三明治，寒酸到面包中间只有夹一片干酪，或是两片吐司中间涂一层巧克力酱，此时都让我格外想念家乡丰盛的排骨便当。

荷兰人大多习惯以简单的面包冷食为午餐，只有晚餐是热食。在许多大公司附设的员工餐厅中，也只供应各式面包以及配料（色拉、干酪、火腿、白煮蛋），让大家选择食材做自己的三明治午餐，再搭配汤品、饮料与水果等。由于冷食午餐简便，可以快速解决，所以午餐休息时间大多为半个小时，吃完就继续上工。有时我会准备前夜的剩菜便当，刚从微波炉拿出来还冒着蒸气，这样热腾腾的午餐就会引起同事们好奇的关注。一阵子之后，我也开始习惯中午只吃面包或吐司，但每当我拿出"美而美"等级的丰富三明治（其实也只是吐司夹入干酪、火腿和番茄，我本来还想再多加鸡蛋跟生菜的），一旁的同事看到后便夸张地说："今天又不是星期天！你怎么吃这么丰盛啊？"这才知道原来在荷兰的办公室里，"丰盛午餐"定义的标准竟然这么低。

虽然午餐休息时间较为短暂，但早上及下午各有 15 分钟的 Coffee Break，这是法律规定的休息时间。若是某些工作具有连续性或紧急性，还是得依照规定给予弹性却足够的休息，当连续工作超过 5.5 小时，至少要休息 30 分钟（或 2 次 15 分钟），而工作超过 10 小时，也至少要有 45 分钟休息时间（或 3 次 15 分钟）。

当我还是职场菜鸟时，曾经一度顾忌主管未离开而不敢准时下班，同样的，当听到 Coffee Break 的钟声时，也不敢马上站起来离开办公室，仍旧留在座位上敲打着键盘，但当同事们鱼贯经过我座位时，则会不断地督促"喝咖啡了啊""起来走一走吧""眼睛要离开计算机了喔"，提醒着我要考虑到自己的健康，休息时间是很重要的！

荷兰政府为了确保劳工有足够的休息时间，工作时间法律规定 18 岁以上的劳工，每天工时不得超过 12 小时，而每周工作的时数上限为 60 小时，若连续工作 4 周，每周工时则不可超过 55 小时，若连续 16 周，每周不可超过 48 小时。同时，他们也限制连续工作，规范每日、周间最少的休息时间：在工作日之后，11 小时内不能工作，两周的工作时间至少需要 36 小时的休息时间。对政府来说，过劳所造成的工伤福利或医疗支出，都会造成政府的负担，因此，政府限制工作时间与强制休息时间的规定，不但保障劳工，对国家来说，也能减少潜在的支出。

根据荷兰政府出版的工作时间相关规定手册，雇主必须确保工作时数、休息时间、夜间工作等情况都符合法律规范，并且劳工稽查小组还会经常性地抽检，若被发现不符合法定规范，雇主会被警告或处以罚款，对自然人的罚款上限为 11,250 欧元、对法人的罚款上限为 45,000 欧元，若是工作时间的违规事项涉及儿童健康的危害或是交通上的危险，更被视为严重违规，将以刑法起诉。在相关法律保障员工合法权益的状态下，员工可以更加积极，有效率地工作，我想这才是最佳的工作现状吧！

# 16 社交活动

## ——我是来工作的，不是来交朋友的

有一次，我和荷兰人聊起在中国台湾有员工旅游，也就是公司会安排让全体员工一起度假几天。结果我得到很激烈的反应，他们说："要跟同事一起过夜度假？一点吸引力都没有，我可一点都不想去，放假时还要看到同事多痛苦！这样的度假，回来后我大概还要再请一个礼拜休假恢复！"在荷兰，由于工作与私人生活的分际十分明显，一般来说，并不会与同事建立深厚的关系，下班后更是少有相约的活动，往往下午5点下班后便各自回家了。再加上在荷兰完全不需要与客户老板应酬，同事间更不会临时起意相约吃晚饭。记得上一章提到的预约文化与行事历吗？与同事

的聚餐活动，往往一个月前就要特别约定好时间，才来得及在行
事历里找到空档。

这公私分明的情况，也可能因年龄或地区有别。年纪较长或
是已有家庭的人，通常有稳固的交友网络，普遍是开车到其他城
市通勤上班，他们往往会选择把工作领域的同事定义为"熟人"，
而非深交的朋友。甚至，你很可能会听到直白的荷兰人毫不保留
地当面说道："我是来工作赚钱的，不是来交朋友的。"相较之
下，尚未建立个人家庭的年轻人，则可能因相同的兴趣，在下班
时间、假日和同事相约参加派对、演唱会。另一种情况则是在小
乡镇地区，街头巷尾彼此熟识，或是仍在上学的年轻人，就近在
住家附近商店打工兼职，所谓的"同事"，其实早已是熟识的邻
居或学校同学了。

尽管公私生活分际如此明显，并不代表办公室气氛因此而枯
燥、紧张、交情淡如水，只要有疯狂荷兰人在的地方就绝对不会
无聊，更少不了玩笑和言语上的互亏。若是遇上荷兰人热衷的运
动赛事（奥运、环法公开赛等）期间，办公室里的共同话题便更
多了，尤其是正逢世界杯或欧洲杯足球赛时，办公室或交谊厅的
墙上会张贴着超大型的赛程表，总会有人自愿出来开赌盘，以 5
欧元、10 欧元不等的金额下注，同事们可以自由参加、预测各
国排名，记点积分最高的人就得到赌金，甚至因应这个需求，还

有专门用来开设足球赌盘的 App 应用程序。

许多办公室有寿星请客的文化，寿星会预先打电话订购外送苹果派（或是其他各式各样的派），在 Coffee Break 与大家分享。我想这大概是荷兰人会自掏腰包请客的少数情况！毕竟若是邀请朋友参与生日派对，大多会收到礼物（或至少一束花），但办公室的同事之间并不会特别为寿星准备小礼物，顶多在他脸颊上亲三下或是握个手、说声恭喜（Gefeliciteerd）。不过想象一下，如果是家 50 人规模的公司，那么，每年请大家吃一次生日苹果派，一年会得到另外 49 次免费的苹果派作为休息时间搭配咖啡的小点心，也算是另类的互助会了。

相较于台湾地区的情况，同事互动的关系似乎紧密许多，这也是我最怀念台湾工作环境的一点。台湾的同事们不时会开团购，或是一起订购手摇杯，这样的下午茶文化对办公室气氛贡献良多，同事之间也会谈论私人生活并热情地给予回应或建议，这样的互动在台湾的办公室文化尤其重要。

# 17 员工权益与福利
## ——好还要更好，幸福还可以更加幸福

从工作合约的相关规定，就能看出荷兰非常重视并有效地保障劳工的权益。聘雇的工作合约分为"短期工作合约"与"永久工作合约"。"短期工作合约"中注明了开始与结束日期，当这份合约即将结束，雇主可以选择延续或是终止聘雇关系；"永久工作合约"则没有明订结束日期。但无论是短期或永久工作合约，在其有效期间内，除非是在试用期期间，或是经由规范内的法律途径，资方皆不可任意解约。并且限制若短期合约的时间少于六个月，不得有试用期，若合约期间少于两年，则试用期不得超过一个月。

荷兰法律规定，雇主针对某个劳工最多只能提供三次的短期工作合约，或总长不超过两年的时间（自 2015 年 7 月 1 日起，时间由原先的三年缩短为两年），期限之后仅只能提供永久合约。例如，老板聘雇的新员工有六个月的短期工作合约，到期后选择再次给予六个月短期合约，结束后第三次签约仍可为短期合约，但第四次签约就必须为永久合约。若是新聘员工给予一年短期工作合约，第二次签约仍为一年短期合约，当合约结束，其时间总长已达两年上限，再次签约便必须为永久合约。

劳资双方一旦签订了永久合约后，雇主就不能单方面解雇劳工，必须经由劳工本人、法院，或荷兰劳工福利专责机构 UWV（Uitvoeringsinstituut Werknemersversverzekeringen）的同意，法院或 UWV 会再检视提出解雇的资方雇主是否具备合理的理由以终止永久合约。譬如公司倒闭、组织重组、迁址、部门裁撤，或是因为偷窃、无理由拒绝上班、酒醉上班、违反保密条款、伪造文书、危及个人或同事生命安全等不当行为，都属于雇主解雇劳工的合理理由。若是因为表现不佳或不适用，必须提前在绩效评估或面谈时指出表现不佳，给予改进的时间，而不得立即解雇。最重要的是绝不能因为性别、怀孕，或生病为理由解雇劳工。

拥有永久合约的劳工若想终止合约，则不受法律限制，可以自由提出辞职（大部分情况下，只需提前一个月提出辞呈）。

因此，拥有永久合约的劳工等于拥有相当的保障，一旦受到非自愿性的解雇，便可以联络律师提出告诉，为自己争取权益。可以想见，对于雇主来说，"永久合约"具有某种程度上的风险，万一遇到不能胜任本职工作岗位的员工，要辞退也是一大麻烦，因此，雇主对于签下永久合约会保持特别谨慎的态度。另一方面，员工在短期合约期间内，也需要积极证明自己的工作能力，以说服老板自己值得获得永久合约。

对于劳方的福利与保障，荷兰可说是全世界最完善、甚至仍持续扩展其保障范围的国家之一。例如，原先的"照顾假"仅限于需要照顾临时罹患重大疾病的小孩、父母及伴侣，2015 年起则将照顾对象扩大到朋友、邻居，或室友临时遇到危及性命的重症，需要由你照顾的情形，便也能向公司申请照顾假。此外，诸如收养假（收养小孩也需要彼此适应的时间）、丧假、陪产假、搬家假等，都是得以申请全薪的事假。

欧洲金融危机之后，与许多荷兰公司一样，我所任职的公司也面临资金周转困难，需要进行组织重组的状况，因而有部分员工被辞退，而此时公司里的员工代表组织便发挥重要的监督与协商功能，集中将公司重组过程的讯息完整传递给员工，并确保公司依照法令程序进行重组计划。例如公司不能任意选择辞退较年长或特定性别的员工，必须依照性别、年龄分布，将全体员工区分为数组，依比例在各组内挑出辞退的人选，借此保障特定弱势族群的权益。劳方组织并且会为被辞退员工争取最大权益，在我身边的这个例子里，员工代表针对"不得在相同产业工作"的不合理竞业条款提出抗议，双方将之修订为"不得为竞争对手及其相关企业工作"。而雇主除了付清基本薪水、因工作所产生的花费（例如交通费）、年度度假基金、应提拨的退休金、支付尚未使用的假期，还需要尽可能地通过人力中介顾问协助失业员工再度就业，这样一来，外加遣散费与社会保险的失业津贴后，被辞退的员工不会立即陷入经济缺口，并保有相当充足的时间能够找寻新工作。

荷兰劳资协议另一项特别之处是集体劳动合同（CAO），这是由各个产业工会与资方协议订下薪资与劳动相关规范，以因应各产业的不同情况，政府不会介入，算是在法律规定基本规范以上再加注的特殊约定。譬如，国定假日一定要放假，但国定假日往往是餐饮、旅馆业最繁忙、生意最好的时间，因此，餐饮旅馆业的工会与资方代表经过协议同意，在 CAO 中注明国定假日不放假以及之后补休的配合规范，其他方面包括：每年随通货膨胀应调涨的薪资幅度、放假日数等，也都要经由 CAO 来协议。在劳工与公司的聘雇合约中，会注明属于哪个产业的 CAO，且聘雇合约里的内容也不得与 CAO 相抵触。

除了法律规定的权益外，许多公司也会加码员工福利，以争取、吸引更多的优秀员工，譬如交通花费补助、销售奖金、酌收成本价的员工餐厅、运动设备、员工折扣等，甚至补助购买上下班使用的脚踏车，鼓励员工从事健康运动。举例来说，在荷兰应届毕业生心目中最佳雇主的调查中，荷兰航空（KLM）一直名列前茅。要论究其背后的原因，除了公司有良好的职涯发展规划之外，另一个更重要的因素，就是员工享有机票的折扣，对热爱出国旅行的荷兰人来说，这项员工福利真是大大的加分。此外，榜上最佳雇主的常客，还包括大家所熟知的"海尼根"，该企业不仅设有便宜的员工加油站，还供应低于市价的便宜饮料，而海尼根强大的国际营销网络、国际化的工作环境、不少的外派机会，对求职者来说，当然具有莫大的吸引力。根据调查显示，除了金钱与物质上的员工福利，荷兰员工更重视公司是否具有职业发展机会、提供提升个人能力的培训、是否能让员工完全发挥个人所长，让专业能力与个人职业生涯发展并进。

# 18 安全的工作环境与人性化的待遇
## ——如果你讨厌某人，就说服他去当老板吧

2014 年生下女儿后，我体验到在荷兰生活这么久以来，服务照顾最周到的一次经历，而这也是属于健康保险其中的一项。在生产后的连续几天，就有由保险公司所支付、安排的护理师每天到家里照顾，几乎包办了家中所有事项，包括教新手爸妈如何照顾新生儿、准备餐点、打扫家里、甚至帮忙遛狗，在欧洲居然有机会能获得这般全方位的照顾，实在让我受宠若惊。最让我感受深刻的是亲眼见到荷兰公司注重劳工安全与健康的态度，并且真真实实地确实稽查。负责这项业务的护理公司，会在生产前两个月到家中进行家庭探访，除了预先告知会发生什么事、要准备什

么新生儿的用品，同时也检视居家环境，确保公司员工（护理师）不会在有安全疑虑的环境下工作。

此外，我们必须依照规定将床垫升高到离地80厘米之处，架高的床面大约高过我的腰部，这是由于护理师在居家照顾的这几天里，会有许多时间照料躺在床上的产妇，若床面太低，护理师会需要一直弯腰，长久下来会造成职业伤害，因而规定产妇的床必须调高到能让护理师健康工作的高度。像我是剖腹产，每次连滚带爬地上下床都让我痛得要命，但床垫高度就是规定，必须配合遵守。不仅是公司需要依照规定为劳工安全的工作环境把关，员工本身也要非常注重与自身相关的职业安全。记得刚进公司实习的第一天，同事们七手八脚地帮我找来高度合适的椅子、脚踏垫（我的身高要在巨人国里找到适合的办公家具，还真不简单），调整好计算机屏幕及键盘的角度，检视姿势是否是最舒服的角度与距离，避免长时间使用计算机造成不舒服甚至受伤。而我自己过去长久使用计算机时，却从未注意过这些细节。

以下两个例子，可以发现我与荷兰人因为不同成长背景，在思考优先级与解读角度上的差异：荷兰的马路上不容易看到出租车（需电话叫车或找到出租车停靠点），而出租车大多是奔驰车，为什么？我直觉想到，难道是法律有规定吗？否则开奔驰出租车的经营门槛这么高，怎么不选择便宜点的车呢？（Cost Down 的思维还真是根深蒂固啊）为此，我询问了我先生的看法，他回答：
"因为奔驰是最好的啊，椅子坐起来最舒服。"我以为他是指给
乘客最舒服的选择，没想到他接着说："因为开上一整天的车子，
一定要选舒服点的，不然很容易会有职业伤害。"

另一个例子则是某跨年夜，我独自一人跑到阿姆斯特丹，想
感受一下水坝广场上的疯狂气氛，结果由于现场实在太过于疯狂
（酒醉、兴奋咆哮的人们与街上的大麻味），让我到了晚上9点
就想提早回家，结果火车却已经停驶了，要到凌晨1点才会复驶。
过完新年，回到办公室，我问同事们这个问题："在跨年夜交通
最繁忙时，不加开班次，反而停驶，这到底是怎么一回事？"几
个同事讨论一下，共同的结论是："大概是火车司机也要跨年吧！"
（我确认过了，他们真的不是在开玩笑）但后来有听说是因为
安全的因素，担心跨年的烟火鞭炮造成危险，这个理由就容易理
解多了。

这两例的共通点是：讲到工作，荷兰人不是只有赚钱或责任。
在第一个例子里，首重的考虑是身体健康、避免职业伤害；在第
二个例子中，同事们的回答反映了在他们的解读角度下，工作人
员的心情，或是平等享受的权利，也是他人所能够理解、设想的，
这与当时我所优先思量"服务业的责任"有很大的落差！

看到病假与工伤的相关规定，你可以清楚发现荷兰政府相当

保护劳工，但关于这一点，有时候也让荷兰老板们伤透脑筋。难怪有人说，在荷兰，如果你真的很讨厌某个人的话，就快说服他去创业、聘雇员工。

当员工临时生病无法上班，当天早上要提早打电话知会公司同仁，并告知预期返回工作的日期，然而，基于保护个人隐私，并不需要提供病情细节或原因。可能的话，生病的员工会向雇主说明哪些工作内容是在家期间仍可继续进行的。而雇主在收到病假通知后，也必须通知职业健康与安全办公（Arbodienst）或公司医生，生病期间，Arbodienst 或公司医生可能会随时打电话询问状况或登门探视，一方面关切健康状况、另一方面也可视为抽查，而当员工康复后回到工作岗位，雇主同样需通知 Arbodienst。甚至当员工碰巧在休年假期间生病，还可以跟公司申请将这几天由休假转为病假，得到补偿的年假天数。但必须说明的是，虽然劳工请病假在家休息的流程相对轻松简单、雇主也无法拒绝申请，但雇主能借由其他方式与员工"沟通"，尽量减少滥用病假的情况。譬如每季发一次的"不生病奖金"，或在年度考核里讨论过去一年生病请假的情况，而对短期工作合约的员工来说，请病假情况也是用来评估是否续约的重要因素。

"Burn Out"一词解读为"燃烧殆尽"，意指因工作造成挫折或压力，以致严重影响心理健康，这样的情况可经由医师诊断后，申请在家调养数周，甚至一整年无法上班工作，而这也是一个并不少见、偶尔会听到的请假理由。在不幸的情况下，具有永久合约的员工若患病、长时间无法工作(即使不是因为职业伤害)，荷兰公司也需要支付薪水（至少薪水的70％），直到员工康复回到工作岗位为止，时间的上限为两年，且第一年的支付薪资金额必须达到法定的最低薪资标准。当劳工生病、不适工作的时间达两年以上，才转由劳动福利专责机构（UWV）支付患病劳工的生活基本开销（上限为原有薪资的75％）。

雇主与员工双方都有义务协助员工本人尽力、并尽快回到工作状态，除了原来的岗位，也可以协助病后复职的员工转调到其他适合的部门、甚至帮忙转任其他雇主。以上可能的例外情况，是当生病员工不积极配合重返工作的复健（或是持续装病），雇主可以暂停发放薪资，但一样要有完整详细的证据资料来证明(与生病员工的会议记录、往来的信件、公司医师的评估等)。雇主绝不可以在员工怀孕或生病期间（最长达两年）解聘员工，除了UWV不会批准这类的解雇申请之外，一旦员工向法院提告，老板败诉的概率极高，并得付出高额的赔偿罚款。

# 19 假日与排休
## ——放假真的对荷兰人很重要！

　　每次，只要和欧洲以外的友人聊到带薪年假的日数，就会看到荷兰人脸上不自觉地流露出怜悯的表情。的确，欧洲国家在这方面真是慷慨大方。不论年资长短，荷兰法律规定的基本年假为每周工作时数的 4 倍。譬如，若每周工作 5 天，最少会获得 20 天的年假，但在普遍情况下，全职工作者一般都会拥有 25 天的年假。然而，荷兰的国定假日并不算多，而且大部分是与宗教相关的节日，大多集中在春季期间，如耶稣受难日（Goede Vrijdag）、复活节星期一（Tweede Paasdag）、耶稣升天日（Hemelvaartsdag）、五旬节（Pinksteren）等。

面对那么多不着头绪的国定假日名称，当我不解地询问同事，隔天又是基于什么原因放假时，他们也往往结结巴巴地说不清楚（目前超过半数以上的荷兰人已无宗教倾向或信仰），最后"反正明天不用来上班就对了啦"往往就是他们做出的结论。对荷兰人而言，最重要的假日莫过于 4 月 27 日（即全国疯狂参与狂欢盛会的国王节）、圣诞节以及新年元旦。从圣诞节到新年这一整周的期间，许多人明显无心于工作，早一步开始沉浸在轻松欢乐的气氛中，而大家也会抢着排休，以便能连成长长的滑雪假期，有些公司则干脆全员放假一个礼拜，来个皆大欢喜。

若当年的年假多到用不完，员工还能将一定天数的年假（依公司个别规定）延用至明年，但其他多出未使用的年假就会被视为放弃，不得以补休或换为金钱补偿。由于休假实在太普遍、太频繁，许多办公室早已省略形式上的主管批准，超过一半以上的荷兰人可自行安排年假的时间，日期决定好之后，只要跟主管与同事说一声，再记录到行事历里就算完成，简单的程度几乎跟小朋友上课时举个手就可以走出去上厕所一样。

荷兰人若是一整年没请假休息、放松一下，他们大概会觉得全身不对劲。最常见的排休模式是请上两至三个礼拜，前往遥远的亚洲海滩晒太阳，或到非洲拥抱大自然。若是度假预算不足的话，就会选择比较近的土耳其、西班牙，然后早点回荷兰在自家院子里的躺椅上继续放松。另一种常见的排假方式则是在周五跟周一排休，这样一来，用掉两天的假就会换得一个"长周末"（在荷兰人眼中，不到一周还称不上是"假期"呢）开车去德国、法国的度假村，或是森林里的度假小屋，享受跟家人、孩子们的Quality Time。

另一方面，荷兰人大多属于不太存钱的月光族（庞大的日常消费支出也让人无法多存钱），那么，度假所需的花费从哪儿来呢？度假这件事对他们来说极为重要，重要到在薪水制度里还会特别考虑到假期花费。除了月薪之外，雇主每个月还需额外提拨8%月薪的金额作为"假期金"。这种制度等于软性地强迫员工储蓄，一年之后可存下约一个月月薪的金额，大部分公司会在5月发放假期金，如此一来，即使平常缺乏存钱习惯，到了夏季还是有钱可以开心出发去度假。对许多荷兰人而言，度假或是与家人相处的重要性大于工作，于是有些公司也会以额外年假的方式来代替年度的加薪，或是以补假取代加班费，而员工多半也会欣然接受。

当企业中有如此频繁的休假模式，自然会发展出一套对应运行的方式。就连学校的暑假（也是爸爸妈妈请年假的尖峰）也会将荷兰北、中、南分成三组陆续放假，避免因全国同时放暑假造成交通大堵塞。

在办公室里，雇主与同事们讨论好最少的留守人员以及职务上的互相代理，而员工们普遍具备相当的责任感，会在休假前确认个人进度是否已处理完毕，并清楚交代各项工作的代理人，甚至自制说明书，告诉同事若需要什么数据要去寻找计算机里的哪一个文件夹，或是准备画面截图，说明工作项目的详细步骤。这种做法不仅能让工作在度假期间得以顺利运转，更能确保休假者不会被公事打扰，放松地在海边畅饮啤酒。

我们时常可以听到某人说近期的工作量大，因为下周要去度假三个星期，必须多花时间先把事情处理好，或是准备需要交代的事项，而这样"可靠度高"的做法，在老板的眼中就成为相当值得欣赏的加分行为。

不过，当然也有另一种可能，同事开心地丢下一句："等我放假回来再说"，相关的一切工作便停止，直到他再度回到工作岗位为止。但只要不是造成重大影响的急事，同事们大多会对此格外有耐心、忍受度也特别高，毕竟若能尊重别人休息时间的权益、互相支持，自己日后也才能有一个无忧的假期。

# Chapter4

## 积极正向的有效沟通

在这一章里，不论是提到的辩论、询问意见、择善固执、拒绝不合理要求，还是表达赞美，简而言之，这些方式都是在"加强双向沟通""避免单方指令"。借由双向的沟通过程，两方都得以获得反馈，借此调整自己的行为。目前常会听到一种声音，认为年轻人面对全球化的国际竞争时，特别显得"偏好安逸小确幸""狼性不足"。针对这点，我想特别点出，以驯牧绵羊的方式，就会养出唯唯诺诺的员工（子女或学生亦同），因此作为管理者（父母、师长），首先要让自己练就"能接受被拒绝"的气度。

# 20 非权威式沟通
## ——"喜欢争辩"是一种称赞？

　　一直以来，我很喜欢对照"日本"与"荷兰"这两个极端的国家文化。曾经不少次荷兰同事向我问道："我真无法想象为什么日本人会有这样的行为反应，好奇怪啊！"另一方面，我也知道荷兰人随心所欲又大而化之的行事风格，常让日本客户们脑袋爆炸，而两者最大的差异（尤其是在工作场域），应该是对于长辈、权力者的态度。

　　在日本，皇室的地位是很神秘、遥远又尊贵的国家象征，即使是一般的人际关系也同样存在明显的主从身份，后辈必须对前辈尊敬、听从。虽然荷兰也同属君主立宪的国家，却不施行威权主义或父权式管理，皇室一样受到人民爱戴，而国王、皇后在参加活动时，总是亲切地与群众话家常、握手致意，而非高高在上、让民众带着崇拜敬畏的眼光仰望。奥运贵宾席上，观赛的荷兰国王和皇后，也会和一般民众一样围着橘色的雄狮围巾，不计形象地兴奋振臂欢呼、忘情投入为运动员加油。同样的行为表现若是发生在隔海另一端的英国皇室，大概会被称为"不顾皇室形象"而遭受批评，但荷兰人却会因为这样亲民的作风，而更爱戴他们的皇室成员，说道："我就欣赏国王跟我们一样啊！"同样的，在荷兰办公室里，老板与一般员工之间并没有太远的距离，时常闲话家常、开彼此的玩笑，就算休息时间坐在一起喝咖啡、吃点心，也不会有令人战战兢兢的氛围。在荷兰企业中，以下这种状况都算常见：开会时，公司总裁或主管很绅士地为大家倒咖啡（部属也都安心地坐着被服务），等到咖啡壶见底时，总裁或主管又会拿着咖啡壶去重新装满（部属也还是一样自在地坐着）。

　　不同于日本企业常见的庞大组织架构，还有处处是细节的各种职位头衔、地位高低的应对，相较之下，荷兰企业普遍有着扁平化的组织架构，没有太多层级，以达到人事最精简、最有效率的工作产出。

　　第二章曾提到荷兰人特有的直白表达与喜好争辩，荷兰老板非但不会采取权威式管理，更希望让员工尽情发挥好辩、好批评的民族特性，部属可以畅所欲言，不必担心老板秋后算账，或是被其他同事投以怪异的眼光，完全针对事件来进行讨论，再一同寻求最好的改善方法。

记得有一次，我与部门主管和人事主管一起进行个人年度考核的会议，部门主管依序说明对我工作绩效的评量与意见，在几项正面评价之后，突然提到"你喜欢争辩"，我带点疑惑地小心确认并问道："这算是值得赞美的优点吗？"部门主管与人事主管微笑地点点头："你认为我做错的事情，你会跟我争辩，试图解释并说服我，而不是摸摸鼻子就接受。我知道这对亚洲背景的人来说，并不太容易。"

的确！我们在威权体制教育的影响下，要勇敢与主管争辩并不容易，总是容易想东想西，担心会不会被贴上标签或被列入黑名单，很多想建议或反驳的话到了嘴边就吞了回去，或是因为害怕承担责任，于是不敢择善固执、坚持己见。但是身为老板或主管的人，真的只是需要毕恭毕敬、服从听令的员工吗？一位没有人敢反驳或质疑他的老板，或许得到了面子与威严，却因为无法听到其他的想法和建议，丧失了能把事情做到更好的机会。对员工而言，要挑战上位者的权威，需要克服个人内心的心理障碍，但其实主管本身要练就这种"允许自身被挑战的气度"也并不容易。现在我成为一名小主管，需要多位荷兰同事协助进行工作，于是在开会时，我也得面对部属直言不讳的意见与评论。

老实说，有时还真想冲出口说："闭嘴！别说了，我说了算，就是这样做！"但若是这样做，会与荷兰开放平等的社会价值相冲突，我需要一边提醒自己广开言路，聆听各种意见，一边耐心地和同事来回解释、辩论，试图说服对方，毕竟在面对主管时，我自己还挺享受这段与主管争辩的时刻，并感觉到每次的进步，这种辩论不是要嘴皮子，而是在短时间内产生清楚的思考路径，是强化逻辑与反应能力的过程。因此，多发表意见、甚至是鼓励争辩，需要营造出能安心辩论、阐述意见的环境，其关键就在于保证自己会就事论事、不会因此而产生偏见。

开放的沟通可以借此训练出逻辑清楚明白的员工，也会因能更广泛地获得意见而受惠。多次重复强调争论都没关系，因为这样部属才能放下心理上的负担，诚实地给予建议。

# 21 聆听他人的宝贵意见
## ——不停提问"你觉得呢"的脑力激荡

在第二章的一开始，就向大家介绍到荷兰尊重他人、不强迫别人接受自身价值观的社会文化，因此，经常可以从荷兰人口中听到这几句口头禅："你觉得呢？""如果你愿意的话！"有一次，我们与贷款顾问咨商房贷问题，他说："银行每个月1号会自动从你的账号扣款，如果你愿意的话。"一说完后，大家都笑了，他连忙改口说："喔！口头禅说得太顺口了，即使你不愿意，银行还是会自动扣钱的。"

老实说，我刚到荷兰时，面临一直被征询建议或意愿的状况，实在非常不习惯，甚至应该坦白说，我没能力回答这样的"申论题"。在中国台湾从小到大，大多的父母、老师会告诉我们要做什么、不做什么，或是听到"小孩子有耳无嘴"这类的说法，但大概长辈跟孩子们都没意识到，这样的影响居然是让张开嘴巴的能力都渐渐消失了。

还是职场新手时，一次主管在与我开会时提到："我想韩国是很有潜力的重要市场，今年你应该多安排一趟去拜访客户，当然是在你同意的情况下。"当下我的脑袋跳出许多问号："你是主管，不是你指派我去或不去吗？我是菜鸟耶，我能说不吗？假设我说不同意的话，难道真的就不用去了吗？"之后，在荷兰企业上班的这些日子里，类似这些问题频频出现："你觉得呢？""你怎么想？""你认为我们应该怎么做？""你同意我这个做法吗？"我记得很清楚，某天，我被这些问题问到真的受不了了，直接跟老板抗议说："你可不可以告诉我该怎么做就好，不要再一直问我意见、要我决定，我感觉压力好大！"但话一出口就后悔了，我这才认清自己，是因为成长过程中一路被告知下一步该做什么，早已经习惯听从指示，因而成为"能完成任务的工具"。然而，荷兰老板不断询问我的看法，希望听到意见，期待我告诉他"对于这件事我能贡献什么想法，让事情更好"，但当下我的反应却表明我没有这种"做决定"的能力。

一位外派中国的荷兰主管和我分享他的个人经验时，也印证了这一点。他在中国最早学到的一句中文就是"不知道"，并非因为他常需要使用这句话，而是因为一开始时，每每询问部属的意见时，他得到的答案总是"不知道"。这位荷兰主管对此感到非常困扰，因为他期待的是 10 个能发挥自我专长的部属，把团队效率达到最大化，但看起来，他手下只有 10 个需要不断输入指示的"机器"。

于是，他花了一段时间训练员工独立思考的能力，并且告诉他们："不要来问我该怎么办，请带着你建议的选项前来，我们再一起讨论怎么做会比较好。过一段时间，你的能力需要进阶到下一步，请你判断什么选项最好，然后就放手去实践，如果真的有疑虑，再来找我，让我们一起想解决办法。"他借由不断提问"你觉得呢？"并鼓励部属发表意见，训练职员由习惯听令行事，转变为能独立作业并且自动自发追求最佳成果，而他自己也因为不断得到部属的反馈与意见，彼此不停地脑力激荡，而加快了公司的成长步伐。如同前一节所提及，或许是因为成长背景与教育方式，让我们在面对老板、权力拥有者、长辈时，对于"表达自己的感觉与想法"一直保持着不安全感；担心若说出了自己的看法，就会产生负面的影响，于是选择了最安全稳当的做法——"闭嘴听令"。除此之外，不喜欢做决定背后的另一个原因还包括不希望为结果负责；若是在依从别人的建议后，产生不理想的结果，就把责任推卸给提出建议的那个人。然而，荷兰父母在孩子小时候就会给予他们许多自由抉择的空间，也要求小孩为自己的决定负责，即使是别人给予的建议，一样也是清楚地界定责任归属，因为你有权选择要或不要听从建议，唯有自己才是做决定的决策者，不能把责任推卸给提供建议的人。

在了解这样的背景差异之后，若能认同荷兰的管理方式，也想营造出同样的职场环境，拥有尽情发挥才能且自动自发的员工，就需要不断地重复询问意见，强调自己想听见各种看法，且不会因为个人观点不同而影响评价。

# 22 唯有独特才有商机
## ——让我们一起把市场做大

因为从事国际销售业务的关系，我时常需要与同事交流讨论各个地区客户不同的决策模式。相较之下，我所负责经营的亚洲国家客户普遍较为保守、害怕改变。亚洲客户在面对一个新市场的产品项目时，会因为没有可依循的先例而踌躇不前，"与众不同"常会让他们很没安全感，并不时提出如"市场在哪里""没人买怎么办"等类的问题；与之形成强烈对比的，则是我所接触到的荷兰经营者，他们总给人一种"让我来创造市场"的自信气魄。

这种的自信并非全然地盲目或自大，而是因为拥有预见市场的能力，他们会在做好功课（即了解自己与竞争者彼此的强项与弱势）后，精准地朝着重点项目发展；他们理解自家产品的发展脉络与消费者行为，因而能大胆预测市场走向。相较于亚洲客户偏好从众、看到有人成功后才开始投入抢食市场大饼的模式，荷兰人更喜欢做与别人不同的东西、走还没有人开创过的市场，他们相信要做独特的东西才有商机，与其和一堆人在红海厮杀竞争，倒不如找出擅长的项目，在自己的蓝海中乘风破浪。

然而，荷兰人并非一开始就有这种思维，而是从很痛的经验中学取教训，即 17 世纪初的郁金香狂热（Tulip Fever / Tulip Mania）。当时，郁金香因为稀有且受到达官显贵的青睐，销售价格屡创新高，于是在短时间内吸引许多投资分子进入市场炒作，不但一个月内价值暴涨十倍，甚至出现一株郁金香能换到一栋房子的情形，但过度炒作市场的下场便是价格瞬间暴跌，这是世界上最早因投机活动而产生的经济泡沫，荷兰人也因为历史上的这一笔教训而变得更加谨慎。

如果产品不够独特，又身处于许多竞争者的市场该怎么办？我佩服荷兰人的另一点，是他们能把竞争放一边，具备一起把市场做大的思维。通常这种"合作"有两种模式：第一种，就是与相似产品的竞争对手坐下来一起讨论怎么共同把市场做大。譬如，单独一家公司可能无法负担 10 万欧元的营销费用，但如果集结 20 家小公司，就可以每家各分担 5,000 欧元，一起合资做市场研究或是市场开发，让消费者熟悉这个商品，扩大市场需求，之后各家的经营销售就如同兄弟登山各自努力。第二种模式，是竞争者们着眼于市场规模有限，并考虑到彼此竞争时需要消耗许多人力、金钱等资源，选择放弃竞赛，而合并成为一家公司。譬如，17世纪时，荷兰境内陆续成立了14家的东方航海贸易公司，为了避免彼此间过度竞争，他们最后选择合并成为"荷兰东印度公司"，将资源集中，专心一致与其他欧洲海上列强国家竞争。

另一个例子，是荷兰重要产业之一的花卉生产与销售，约莫30年前，荷兰国内有多家花卉拍卖场，这些花卉拍卖场并非政府组织而是私人公司，由当地不论大小规模的农民们共同出资成为股东（第一类合作模式）。历年来经过多次的兼并，到了2008年时，最后两家的大花卉拍卖公司合并，延续使用"FloraHolland"（"荷兰花市"）的名称，现为世界最大的花卉拍卖公司，年营业额达到40亿欧元以上。这又再次显示荷兰人的务实，看到远方的大目标，即使现在要与对手坐下来一起合作也没问题。

对市场的敏锐度与洞烛商机的眼光，绝对是荷兰人的强项，再加上之前提到的开放式思考，就能创造更大商机。他们不拘泥于旧有模式，因而更容易发想出具有原创性的产品或服务。回头看看中国台湾的状况，许多人是在看到市场大饼后才开始行动，并在短时间内一窝蜂地投入，若此时又缺乏共同合作创造更大市场的行动，供给远大于需求而失去平衡，市场便快速崩解或价格崩盘。历史的教训已经重演多次，越晚进入市场，尤其是一味模仿、毫无特殊之处的 Copycat（盲目模仿者）总是难以持续存活于市场中。

# 23 自动自发追求卓越
## ——"赞美"是最有效的成长催化剂

在你的成长环境中，是否有许多声音督促着你要追求完美，所以让你觉得自己好像永远都不够好？或是，你已习惯于批评他人、也时常被批评，而生命里总是充满了挫折和沮丧。

因为工作的关系，我认识许多跑遍世界各国的荷兰业务经理。当大伙儿聚在一起时，不免讨论到上一段旅程去了哪些国家，或是对某个国家、城市的印象。特别有个问题，我曾被问过不少次："碰到事情的第一时间,亚洲人是不是容易先抱怨或负面思考？"另一方面，当我从留学生身份转换进入职场，接触到更多荷兰人之后，心中也一直有个疑问："你们为什么总能这么乐观、这么正面思考？"主管或同事们信手拈来就是鼓励或激赏的话，听到赞美的频率实在让我受宠若惊，这是以前在台湾少有的经验。

的确，鼓励与赞美，就是让人对工作产生热情的最佳催化剂。研究显示，"成就感"是令人积极投入工作的主要动力，甚至是比薪水奖金更大的诱因。不少台湾老板可能长久以来都忽略了"赞美"这个不需成本、又能大幅促进绩效的工具，你需要做的就只是嘴巴甜一点，多关注部属的正面特质，并且不吝啬地说出来。

借由这个过程，也提醒着部属找到适合他发挥的长处，增强其信心。相反地，不断地批评与挑剔，只会使部属的行为趋向保守，为了不犯错、避免被骂而没有任何积极的作为，这会使你失去主动积极的员工，或是让员工害怕与你面对面，想尽办法避免与你沟通，而缺乏沟通的结果，就可能造成任务结果与预期成效大不相同。

荷兰人喜欢度假、不喜欢上班，但在工作时却非常投入，同时又能有高效率的产出。我想这其中有一个重要原因，那就是老板或主管的鼓励与正向回馈，把工作变成一场好玩的游戏，而非只为了责任或金钱。这般乐趣就像玩仿真城市的游戏，从无到有建造出一个华丽的城市，是具有无比成就感的事。

然而，在工作上，建立城市的目标变成开发市场或打造新产品，就能驱动员工们主动投入并尽情发挥。再加上荷兰人的务实性格，即便不幸失败了，沉浸在失败沮丧情绪中的人只占少数，大多数的人都能马上投入思索改善方案中，考虑怎么做才能让产品优于对手的竞品、如何才能提高市场占有率，振作起来再战一回。"鼓励争辩与发表意见"也在此刻发挥了神奇的作用，当大家能充分发表自己的看法，便容易对公司产生归属感及参与感，同仁们一起玩这个有趣的游戏，追求更好的成果。身为老板的你，应该把时间用在思考大方向与重要决策，而不是花精力在解决公司上下的芝麻小事。因此，你绝对需要拥有能主动追求卓越极限的员工，让公司如一个生物有机体般自行运转。借由赞美与肯定正面特质，不仅能有效提升部属的能力，更能培养出自动自发的员工，如此一来，主管就不需事必躬亲，可以放手授权部属做一些范围内的决定，让他承担起部分责任，这不光是失败时被指责的责任，更包括分享成功的掌声。这么做可以提升部属的信心与参与感，主动追求更好的工作产出质量，而不再只当个听令行事的小职员，一心只想着把事情做完就好、认为公司的成败事不关己。

尽管推崇"赞美"的力量，但并不代表主管就不能发怒或批评，只是真心建议身为主管的人，要避免无谓、无建议性的批评。

不要常态性地对部属生气，否则部属习惯后，便会自然而然地忽视这样的反应，斥责将变得毫无分量了。所以，倒不如形塑一个"不常生气，一生气起来就是事情大条了"的主管形象，把你的威严用在真正严重、需要部属正视并改善的地方。

# 24 天生的商业头脑
## ——我能给别人什么好处？别人的获利模式是什么？

 

从 17 世纪欧洲的大航海时代开始，荷兰人就展现了他们过人的商业天赋。同为从事东西方贸易的船只，英国的不列颠东印度公司在回程时，因需要增加重量、维持船舰的稳定度以避免翻覆，便装载了许多压舱石；而荷兰东印度公司将香料贸易至中国后，回程的船舱里便载满了中国瓷器，以其重量取代压舱石，再以昂贵的价格在西方卖出，因而在获利成绩上大胜英国。如果你曾留意过关于荷兰相关的新闻或活动，大概会对于荷兰国家形象的标志不陌生（即橘色郁金香与 Holland 字样），荷兰不论是在推广旅游还是商业时，都会使用这一个标志，自然让人对荷兰产生深刻的国家形象。难怪有人说，荷兰政府是以清楚的目标精准地在经营"The Netherlands B.V."（荷兰股份有限公司）。

每年 4 月的国王节①（先前命名为"女王节"）这一天，大家可以合法在路边摆摊，销售家中没用到的二手物品，摊贩之中不乏有许多小朋友，叫卖已不需要的玩具，或是发挥各式各样的创意，陪你下棋、卖自己画的作品、表演唱歌跳舞，或运用塑料空瓶设计各式各样的闯关游戏。荷兰人不只血液里流着商业天赋，更是从小就开始培养这种习惯，促成荷兰人成为卖遍天涯海角的成功商人。其实不只是老板或商人，一般荷兰人脑袋里似乎也总是不停想着"我能给别人什么好处？什么是我的优势？"就是因为这样的思维，不管是营销产品、服务，甚至是营销自己，自然极具说服力。我听过很多荷兰人异口同声地说："很多比利时啤酒比海尼根好喝太多了！但海尼根就是能畅销全世界，没办法，荷兰人的市场营销能力就是这么厉害。"

除了思考自己可以提供给别人什么好处，他们也会反过来想："别人会从我身上获得什么好处？"这或许也是荷兰人精明不上

---

① 国王节（Koningsdag，先前命名为"女王节"），早期的荷兰王室为了凝聚民心，便以女王生日的名义来举办庆祝活动，后来成为每年登场的全国性节日。

当的原因。在一次出差漫长的交通行程中，我玩起 Candy Crush 消磨时间，并介绍给同行的荷兰同事，他知道是免费下载的游戏后，问我的第一个问题："那么，这游戏要靠什么赚钱？获利的模式是什么？"于是我说明，它是用金钱交换时间，从不想等待或想轻松过关的人身上获利，于是荷兰同事在了解之后，才开始放心地享受起免费游戏。另一个例子则是曾经我与荷兰老板提起中国台湾农业里也有类似加盟店的模式，借由告诉有兴趣的人预期能有多少获利，而吸引更多人从事同一个产业。老板听完后只问了一句话："如果这么好赚，怎么不安静地默默赚，还要告诉大家，增加自己的竞争者？"的确，有许多人因为缺少这样的警觉心，只专注于宣称的利益，遭受损失。对金钱斤斤计较，是荷兰人"闻名世界"的民族特性，但我认为这其实是荷兰人习惯于分析金钱与能换来的东西，以及总是"思考别人的获利模式"的有趣习惯，让他们的脑袋自然而然地判别这钱花得到底值不值得。

刚到荷兰时，我对于什么事物都要收费这件事实在很不习惯，就曾向荷兰友人抱怨火车站厕所要收钱的事，对方则回答："因为清理、维护需要人力啊，使用者付费是很正常的事。"又譬如，在荷兰餐厅里，服务生会很积极地询问要喝什么饮料，一旦杯子见底便立刻前来询问还要再喝点什么，对于这种紧迫盯人的服务，我感到很不自在、也不想花这么多钱在茶或可乐上，荷兰友人很能理解地和我解释说："因为餐厅最能获利的就是这些饮料、酒水啊，餐点赚不了什么钱，当然会希望客人多点一些饮料啦！"

曾经，我招待韩国客户到阿姆斯特丹的一家韩国餐厅用餐，韩国来的客人已习惯了小菜无限量供应，因此，对于加点泡菜跟白饭需要另外收费一事感到咋舌，但其实我还没告诉韩国客人，刚刚不断请服务生加满的热茶也都要算钱呢，我们同行 4 人，就花了 40 欧元在 4 个茶包与 4 壶热开水上面。当时的我已在荷兰生活多年，对这种"每种东西或服务都有其标价"的情形早已习惯，付钱自然就爽快许多。其实，荷兰人的"斤斤计较"并不是怕花钱，也不是怕别人赚钱，但前提必须是自己想要的东西或服务；若觉得不值得，走出店门口的决定权取决于你，完全不需要争执为什么标价会开得这么高。习惯了荷兰式的消费态度后，回到中国台湾时，我立刻感受到极大的反差，销售或服务人员似乎很害怕客人不开心，因此，也出现了一些在荷兰不可能会遇到的情况。我们到一家以服务著称的连锁品牌牛排餐厅用餐，点餐过程中，服务人员一直好心提醒哪些选项分量较小、较咸，或是肉质比较硬，大概是担心客人用餐之后有抱怨，于是事先一一说明这些"缺点"。对于这个情况，让我从事餐饮业的荷兰先生充满不解，在他的认知里，总是会告诉客人"为什么要点这个选项的理由"，而不会刻意去提醒缺点。又有一次，我到药局要买给宝宝的奶粉，因为找不到惯用的荷兰奶粉牌子，便请店员帮忙推荐，没想到店员超级贴心地说："抱歉，因为有鼓励喂母奶的政策，我们不能提供试喝的奶粉，但是你或许可以打电话给这家经销商，请他们提供试喝的奶粉。"我要向你买东西，你却好心告诉我哪里能拿到免费的，这在荷兰几乎是不可能发生的啊。

不知从何起，中国台湾的服务业变得很不一样，常见到好几位店员异口同声地念着："新鲜刚出炉的面包好吃喔""喜欢可以试吃喔"，或是背诵着特价商品，感觉有点像是机器人，却少了些对于工作的热情。然而，聊天、抬杠也是一种销售必备的工作能力，销售过程不就是人与人的交流与联结吗？荷兰服务生深谙此道，也因为从小培养与人抬杠的习惯，对他们来说一点都不困难，客人一进到店里，就会跟你聊今天天气有多好，来这吃午餐晒太阳真是好选择！或谈起今天天气真是又湿又冷，要不要来碗热西红柿汤？看到牵着的小狗，则是热情地招呼，开始聊起自家的狗狗昨天晚餐吃了什么。在拉近与客人距离的同时，又招揽到了一位忠实顾客。

因此，在我们向他人推销产品时应积极思考"什么理由会让客人愿意向我购买"？而不是喊着重复句子的播音机。我认为真正的销售之道是能够享受与顾客的交流机会，给予自己足够的信心和耐力，设身处地地来销售你的产品。

# 25 行动派的积极精神
## ——为了一箱水果飞到巴西

自古以来，贸易与开疆辟土便是荷兰人的强项，其实，荷兰人比英国人更早到达美洲，与美洲原住民进行皮毛贸易。今天的纽约（New York，新约克）在当时称为 Nieuw Amsterdam（New Amsterdam，新阿姆斯特丹），而在 1667 年英国与荷兰签署条约（Treaty of Breda），荷兰以曼哈顿岛交换南美洲的英国殖民地苏里南（Suriname），若不是这笔交易，美国的纽约现在有可能是说着荷兰语的新阿姆斯特丹。或许从当今观点看荷兰失去纽约，似乎不是明智的决定，但在当时苏里南的香料、制糖、劳力等资源远胜曼哈顿，可说是进行了一场相当划算的交易。

在荷兰的史基浦机场，除了拿着大小行李与相机的外国观光客，以及穿着轻松、正准备前往度假的荷兰人，还有一种特殊族群是穿着衬衫或西装、拎着一只登机箱，累积飞行里程已成为能走 VIP 快速通道的荷兰商人。荷兰商人的积极程度绝对是毋庸置疑，不时会为了一个会议、一纸合约甚或一个机会，他们可以特地飞到世界的另一头，待上一两个晚上，事情办好后又马上回程。在务实的荷兰人眼中，这是投资未来的发展与获利，尽管只是短暂时间的停留，机票费用仍然很值得。当还是留学生时，有一次学校安排我们到蔬果进出口贸易公司进行参访，这家公司的经理带我们到鹿特丹港口附近的货运仓库，进入干净清洁整齐的冷藏库里，看见里面储藏着满满的刚进口或准备出口的水果。经理提到之前发生的一件事：有位客户在收到货之后，传了几张受损水果的照片，宣称损失的比例很高并要求补偿，他保持很大的怀疑，在询问一些细节后，当天便买了机票，24 小时内便飞到巴西，客户完全没预料他会就这样出现在门口。

结果，这位经理发现，客户所宣称的损失庞大，实际上却只有一箱水果受到损伤，他只是想要获得额外的补偿金额。当时，我们大多学生们的疑问是，这样是否值得花两张来回机票的费用？经理解释道："我怀疑这位客户所说的真实性，虽然机票钱远远超过这一箱水果的价值，但如果客户发现这样可以忽悠过去，从此食髓知味，以后我们可能会产生更大的损失，与值得信赖的客户合作是相当重要的。如果真的如他说的损失情况重大，客户肯定会对我们积极的行动力产生深刻的印象，并满意我们的反应与处理，这样一来，他们就很可能成为我们的忠实客户。”这是我第一次亲身感受到荷兰商人的灵活思维。

我所工作的 Westland（荷兰西部地区）位于海牙西南方，是园艺产业的世界级重镇，遍布大规模的玻璃温室，又被昵称做“玻璃之城”。这里有许许多多将花卉、蔬果、设备产品出口到世界各国的园艺公司，这些公司的销售人员跑遍世界，频繁出差拜访客户、经营市场或开发新机会，甚至因为出差活动特别活络，小区内还设有专为商务出差代订机票和饭店的旅行社，以及专门代办出差签证服务的公司（可参考本章“相信专业”小节内容）。还是学生的时候，我幻想的“出差”似乎是有趣且风光的事，可以顺便度个假、安排造访一些观光景点。但是，在我真正开始从事这类国外业务工作之后，才发现荷兰人所谓的“出差”并不好玩。出差时，每每下了飞机就直奔饭店，接下来的几天，不断来回饭店、各客户的农场之间，结束后便直接前往机场搭机。我自己就曾经一路奔波，坐火车又飞行 10 多个小时，前往面积不到中国台湾 7% 的一个小岛上拜访客户，过了一夜后，再花 10 多个小时搭机飞回荷兰，同事们不禁笑着说：“真可惜啊，到了这样蓝天、白云，还有着广阔沙滩的度假胜地，你居然是为了工作，而且还只待了一晚！"

我们出差期间总是安排了非常紧凑的行程，因此，吃得好、睡得好特别重要。虽然并不需要入住豪华饭店、到高级餐厅用餐，但如果公司为了省钱而订了太差的旅馆，让出差同仁睡不好，或是因饮食不洁而吃坏肚子，无法好好发挥专业实力办好该办的正事，这才是公司真正的损失。

# 26 有效率的工作方式
## ——坐办公室的时间长短不是重点

　　记得开始在荷兰实习工作的第一周，每天下班回到家后我都累得只能瘫在床上，但是又觉得奇怪，每天上午 7 点半至下午 4 点半的工作，时间也不是特别长，怎么会这么累人？

　　回想起在以前工作的时候，虽然工时较长却挺自由的。工作期间休息一下开个网页逛逛；跟同事讨论看到报道哪里有好吃好玩的；11 点多就开始讨论今天午餐要吃什么；下午 1 点多回到办公室、没多久便有人开始吃喝着团购各式小物件；然后再相约等会儿要去哪里买晚餐；一边慢慢吃饭一边追个剧；吃完晚餐再继续加班奋战；待到够晚了就收拾包包回家；但是事情也好像还没做完，于是回家洗完澡后，就一边看电视一边完成明天要交的报告。当然，以上描述的上班族一天日程，是比较极端的例子，并非每个办公室或大家都是这种情况，但相信上班族们对这些描述应该不陌生。

然而，在荷兰工作，除了公司早上、下午固定有各15分钟的 Coffee Break，以及中午30分钟用餐的时间，其余时间里，办公室全员都专注于工作，一件事解决了接着下一件事。当身边都是高速运转的齿轮，我发现自己的动作也跟着快转了起来，在无暇做闲事的前提下，一天工作8小时的效率极高，然后在4点半至5点之间，办公室的同事们就都走光了。我这才知道，原来脑袋高速运转8小时是这么累，完全是精神上的极限了。

如同前面提到的，在荷兰人的脑袋里"每种东西或服务都有它的标价"，对于员工来说，"薪水"就是自己每月工作时间或工作成效的标价；相对的，对于老板而言，薪水就是付钱买员工工作时间应有的产出成果。换句话说，工作就是一笔"买卖"。

当同事向我解释我们公司的规定时，我便深刻体会到这"买卖"有多明确：早上的 Coffee Break 跟午餐是自己的时间，不包括在工作时间的8小时内，但下午的 Coffee Break 算是公司"送的"，因此算在工作时间内。于是你可以想象，老板不可能让员工做与工作无关的闲事，就连看个新闻网页都显得突兀，更别说是玩游戏、逛网拍了。另一方面，荷兰员工们虽然不至于会计较分分秒秒，当事情太多时，仍多少会延后下班时间，若下班后有紧急状况也会打电话处理，但不会回家后还花时间写报告、做简报，这些显然是上班时才该做的工作，就留给明天再说。

或许，大多数的员工仍会预想"老板就是期待我加班"吧。以我个人的经验来说，这样的思维实在太根深蒂固。上班一周后，我的荷兰主管实在看不下去了，便当面直说："事情做完就回家，你不需要因为我还在办公室而不敢走。"加上看到同事们都准时离开，我这才开始放心地准时下班回家。我们的主管若也希望可以做到 Work-Life Balance，也认同员工应该有效率地工作、然后可以准时下班的话，一般形式上的鼓励，或是口头支持大概还不够，你需要向员工不断地重复强调"你该准时回家了！"

然而，其他地方的上班族们，当看到同事们准时下班时，你需要的是给予鼓励与支持，把这当成正面的行为，而不是带着负面态度质疑"为什么他可以准时下班？"这般把所有人留在办公室里不敢走的"同侪力量"真的没必要。当越多人准时下班，便越能建立"划分工作与生活"的氛围，把时间留给家人或自己。

下班后若有充分休息时间、其他活动的调剂，或是有良好家庭关系的精神支持，才能让我们的身心得到放松而储存更大的能力，并在接下来的工作中取得更好的效果。

# 27 相信专业
## ——就算你多才多艺，但我不是请你来打扫的

　　有一次，我受邀参加荷兰老板的家族烤肉派对，地点就在公司外的空地，他所有的儿女跟孙子们都到了。其间，小孙女因为生病的关系吐了一地，我便到储藏间拿出了抹布跟水桶，正准备要开始清理时，她的妈妈前来阻止我，对我说："你不需要做这件事，你领薪水不是来打扫的！"现在回想，当时我才开始工作不久，大概根深蒂固地认为：老板心目中的优良员工，就是要能解决任何突发的状况、更要多才多艺，即便不关自己的工作内容也都要能事事包办。

　　在你的办公环境中，又是怎么样的情形呢？员工会不会因为

希望得到老板的赞赏，而主动做许多非工作内容的杂事，并深信多任务运作就代表能力好？老板会不会认为，请一个能做很多事的员工就是"赚到了"，而要求员工协助不相关的工作内容，甚至帮自己接小孩等私人事务？

工作一阵子之后，我发现，荷兰老板可不是这样想的！若你包山包海、揽下了众多与自己工作无关的事务，老板反而会认为你分心于其他事项，无法有效地管理自己的核心工作内容。"多任务运作"造成分散注意力，很可能会影响原本的工作成效，最重要的事没做好，才是老板最大的损失。举个例子来说明，老板支付薪水请了才华洋溢的美术设计师，却安排他以两周的上班时间来架设网站，结果非但做不好原本的设计工作，且非他专业所架设的网站，也可能只达到事倍功半的效果。

从这样的面向来思考，荷兰老板根本不会觉得"赚到了"，他们会要求员工专心于自己的专业，然后将网站架设外包给专业人员。如此一来，两项工作都达到百分之百的效果，荷兰老板才会感到真正满意！

请记得，"时间"是非常重要的成本，更是有限的资源，应该把自己（或员工）的时间用在最高产出的工作上，其他事务则交给该领域的专业人士，好过于花上大把时间却又得不到预期的效果。

此外，同事与员工本身的态度，也是分工明确的重要推手。当主管交付夸张、不合理范围的工作内容，直白的荷兰人会清楚响应"我没时间做这件事"或"这不是我的专业，做出来效果应该不好，要不要找某人或是某公司来做？"甚至还可能直接告诉主管"我不想做"，而不是勉强答应后才转身在其背后抱怨。另一方面，若想要表现出你的多才多艺，或进一步支持其他同事的业务，最好先问过别人是否需要协助，否则同事非但不会感激，甚至还会认为你造成他的困扰，并直接向你抱怨说："这是我的事情，为什么你要来掺一脚？还是优先专心于你自己的工作范围就好了吧！"

在反省之后，我发现会造成如此"多任务运作"的习惯，可能还有一个原因：我们所受的学校教育较缺乏人与人合作的训练，一旦发现有同学或同事做得不够好，便会揽过来自己完成，宁愿这样比较省事，而不想花时间在解释和沟通上面，导致身上的杂务累积得越来越多。这般有如自我压榨的解决之道，就是要不时提醒自己"花时间在沟通讨论上是必要的"，并且督促对方需要做到的责任，而不是让自己包办所有事项。

说到分工，光是打扫这件事，也需要"尊重专业"。我所居住的小城镇仅有居民 15,000 人、9 平方公里的面积，今年年初，镇上一处石棉仓库发生了火灾，由于石棉有导致肺癌的危险，地方政府视为一件大事，封街了好几个礼拜，派出专业清洁人员，个个穿着全副武装的防护衣、防护口罩，家家户户拜访，彻底清洁院子、屋顶等角落，以确保没有石棉屑残留。这一场专业清洁工程，小镇就花费350万欧元！由此可以得知，对于该做的事，荷兰人是如此一丝不苟，以其专业的态度和能力，把事情做到最好。

# 28 数字管理
## ——精准，就是没有"差不多"的灰色范围

　　我所任职的荷兰公司主要业务是从事植物种苗的销售，有时候，客户会 E-mail 寄来几张出了状况的植物照片，询问我们栽培过程是否有误，以及要如何改善等问题。于是，我会拿着照片询问有丰富栽培经验的同事，希望他给予客户相关的改善建议。很多时候，同事总是会问到极为详细的细节，如温度是多少、亮度是多少、湿度多少、水的质量如何、上次浇水是早上还是傍晚等。刚开始时，这些细节的问题让我感到些许不耐烦，认为不是所有客户都能对此掌握得清清楚楚，为何同事就不能根据其经验，大

略预测原因，给个答案或建议就好？但同事往往有所坚持，总要在全面了解后才愿意给予定论，否则一切都只是妄加猜测罢了。

传统上，农业领域多是依靠经验传承，但是荷兰的农民可以很清楚地告诉你，每年每平方米能产出多少花？产出几公斤的西红柿？温室的气温调在几度时，亮度要调整成多少？每平方米温室每周生产成本为何？若是提早一周的时间收成，能减少多少支出、增加多少营收？大概就是因为他们是这般精准的专业坚持，荷兰早年靠数字精密管理的农业与园艺，在国际舞台上遥遥领先，这些在农业上管理与生产的扎实知识，成为荷兰的软实力、硬底子，并将产业链串联下所衍生出的产品与服务输出至全球，在2013 年农业及园艺相关产业的经营收益，竟高达 51 亿欧元之多。

我必须说，精准的数字管理就是荷兰公司在经营上的优点与成功的秘诀。这种管理仔细、精打细算、据理力争、精准明确的交易方式，在荷兰已见怪不怪了。譬如，搬家公司的计费方式中会清楚写着"90 公里以外，每多一公里加收 0.2 欧元"，若客户要求延期出货，往往也会告诉客人多延期一天要额外收取多少费用，并明确告知"这是场地的成本"。但老实说，有时候荷兰人的精准性实在让世界上其他国家的人们难以理解，心生疑问："有必要这么斤斤计较吗？"

如同前面提到，荷兰人习惯精确约定时间及白纸黑字的合约，他们实在不喜欢"差不多"或是不清不楚的灰色范围，谁的权利、谁的工作责任、谁的东西，最好一切都说得清清楚楚。像是荷兰人购房时，大多会选择30年的银行全额贷款。几年前，我与先生贷款买了我们的公寓，在和友人、同事聊天时提起"我们的房子"，好几次被不同的人纠正："这房子是银行的，因为你们贷款没付完，房子还不是你们的、是银行的！"以贷款所买的房子，若是自己不住，也不能私下随便出租，标准的程序就是要通知银行，在银行同意后才可以出租（实际上会答应的概率很小），因为"房子是银行的"。

不过，也因为这种强调精准的民族性，在荷兰似乎大部分的事情都有数字可查、有规则可循，也因此减少了不少无谓的纠纷。若产生疑问之时，双方就可以拿出合约，以"合约上就是这样写的"为准。

# 29 资历不代表一切
## ——慎选对的人，让员工与公司一起成长

我在荷兰念书的最后 6 个月，学校课程已经全部结束，最后的学业成绩是依据到机构或私人公司实习，进行研究并撰写论文。在实习期间，公司每个月都会发给实习生定额的零用钱。依照荷兰人的务实性格，再加上薪水是由实习公司所发放的，论文重视的往往不是篇幅的长短，"能否解决公司提出的问题"才是评比的重点。公司保持的态度是把这些问题外包给学生来研究，而对于缺乏职场经验的学生来说，公司实习的机会则是宝贵的职场垫脚石，更是建立人脉的好场所。

对我个人来说，这是经历荷兰文化三温暖的第一堂课。在我

完成了报告初稿后，实习公司里的论文指导人提出建议，将我细心整理的前人研究与背景资料大篇幅地移到附录，论文主体只留下精简的方法、结果与建议结论。那些花了我好多时间、依照以往在中国台湾读研究生的经验，尽可能做到详细的资料，原来不是公司关心的主轴，荷兰企业真正感兴趣的，是"如何解决问题"，这让我着实对荷兰人的"目标导向""务实"产生了深刻的印象。

实习阶段结束后，我交出一本市场研究报告，公司与学校老师都很满意，论文报告也得了高分，接下来就是毕业后找工作，或是继续在实习的公司中任职。没过多久，我与实习公司的代表进行面试，在过程中，甚至直接得到非正式的录取承诺，面试的主管说道："我们想继续与你一起工作，因为你是对的人、是我们需要的员工，就是这样积极又总是面带笑容的人。"这时的我又困惑了，我被录取的原因并非因为他们满意我的论文成果，而是因为我"面带笑容"吗？于是主管解释："从事业务销售工作，很重要的一件事，就是拥有令人喜欢的亲和力，也要不害怕与人建立联系，当然论文成绩证明你拥有一定的工作能力，但'对的人'这种特质，是无法从论文里看出来的。"

我们部门的同仁平均年龄为30岁，大多是充满活力的年轻人。荷兰老板们大多不迷信经验、学历或年龄这些选才法则，对他们来说，不一定要找到可以直接在工作岗位上手的专才，而更愿意挑选拥有合适人格特质的员工，并给予必要的培训课程，让有潜力的人与公司一起成长。这样做的好处是能够强化员工对公司的认同感与归属感，稳定关系，进而降低职员的流动率。让员工主动投入工作的重要动机，便是建立对公司的认同感，而不断离职、换人，绝对是阻碍公司发展的大忌。

一位外派到中国的荷兰籍主管当面临两位应征者之间的选择时，向我聊到他的考虑。一位求职者是英语流利的归国留学生，而另一位则是英语能力有限的当地毕业生，选择前者的好处是马上上手、沟通方便，也不太需要担心工作能力，但选择前者的风险，就是他可能会在工作一段时间后便跳槽离职；后者的话，虽然现阶段的英语沟通待加强，但只要具备愿意学习的人格特质，英语能力便可以随着工作期间快速累积，并且根据他的经验，这样的员工会和公司产生紧密又忠诚的关系。

荷兰主管们大多愿意给予新进职员犯错的机会，他们相信真正的学习，是从跌跌撞撞的经验中累积而来的，因此不需要害怕员工犯错，只怕撞满头包后仍不懂得修正，才是造成管理困难的大问题。

另外一项员工需要具备的重要特质，就是"团队合作的能力"。不能否认，在一个注重排名的教育环境下成长，我们容易产生比较的心态，学习的目标往往就是要赢过他人、取得优秀成绩，因此缺乏团队合作的经验。然而，荷兰人从小的教育环境，特地削弱了这样的排名机制（在学校不会有全班排名的成绩单），而是注重人际交流与关系的建立。在各种运动项目中，荷兰人似乎也特别擅长团体运动，如足球、曲棍球、团队单车赛等。

相对于重视个人表现，他们更相信，公司的运行就像是团队运动，需要彼此合作、互相支持，因此，一个人若总是独善其身，或是傲慢无法配合团队合作，即使专业上具有完美能力，公司一样会保持很大的疑虑，甚至舍弃、不予录用。

# *Chapter5*

# 弹性思考的乐观态度

　　在荷兰工作的这几年里，我不断受到公司同事们的教育洗礼，不分男女、不分职位阶层，上至老板、主管，下至助理、实习生，都曾提点我要重视自己的权益，或是为自己发声，譬如对我说："要是我遇到这个情况，我会跟他反映""这是你的权益！不争取就是自己默默吃亏""这是你的职责，应该由你主导，别让他告诉你该怎么做"。但不光只是为自己而争取，这种主动积极的态度，我也看到他们再次展现在工作上，为公司争取更大的利益。因此，别把"重视权益"过度解读为自私自利的负面形象，唯有这样，才能逐渐走向"获得应有权益"的道路。

# 30 全世界最少工时国家
## ——最善用时间、最认真工作的欧洲人

　　根据 2014 年荷兰国家统计局的资料，荷兰受雇人员的工作时数（不计算年假休假时间）每周平均为 31.2 小时。若再细分男、女的工作状况，男性为平均每周工作 36.2 小时、女性为 25.5 小时。有趣的是，欧洲各国平均工作时数为每周 37.5 小时，比荷兰整整高出 20％，却还经常会听到荷兰人自诩，他们是欧盟里花很多时间工作的民族，或是调侃其他欧盟国家的工作态度，如意大利人不工作、法国人一直罢工、希腊人只想晒太阳。

　　本书虽多次提及荷兰人爱度假、不喜欢上班，但更精确的说法应该是："生活中，荷兰人热爱有趣、有意义的活动，更胜于

工作的责任与赚钱"。有很大比例的荷兰人平时会担任志工，例如，到小区的儿童动物园当导览员，或每周例行拜访唐氏症患者，即便是无偿，他们也对这类活动甘之如饴、乐在其中。

同样的，虽然常听到他们嘴上抱怨不喜欢上班，但实际上，一旦工作内容具有挑战性、是自我能力的实现，还真的有不少荷兰人是衷心乐于工作的。不同于调侃的"希腊人不喜欢上班"，虽然荷兰失业救济的补助措施完善，荷兰人普遍仍有工作的意愿，即使只是每周几个小时的兼职也好，并不会选择待在家里领社会救助金。相较之下，根据经济合作与发展组织（OECD）近几年的统计报告，希腊15至64岁本国人就职的比例仅有49%，年龄介于15至64岁荷兰出生的本国人工作比例则为76%。

我们很容易理解高工时国家的情况，譬如，韩国每周工作40小时以上的劳工占79.8%之多，这样当然会造成平均高工时的结果。但若仔细分析OECD的统计数据，便可以发现荷兰所谓的"低平均工时"并非是大家的工作时间都很少，而是因为兼职工作占了极高比例（38.7%）的结果，此比例甚至高出兼职工作人数排第二位的瑞士（26.4%）许多。同样身为平均低工时国家的挪威，便是属于"大家工作时间都短"的情况，劳工每周工作40小时以上的仅占15.8%，大部分为每周工作35~39小时（58.1%）。

相较之下，荷兰每周工作 40 小时以上的劳工比率比挪威还高出一倍（32.5％），但因为其他劳工的工作时数十分多样化的原因，每周 35~39 小时的比例仅占 16.9％（每周 1~19 小时占 21.3％、20~29 小时占 17.2％、30~34 小时占 12.1％），这样平均下来，荷兰便成为工作时间最少的国家之一。

但对荷兰人来说，这绝对不只是纯粹减少工时而已，他们更会想尽办法让工作变得有效率，以达到更高的产值，这也造就了荷兰劳工每小时平均的 GDP 产值高达 52.8 美元，名列欧洲国家第三名的好成绩，高于 G7 工业国[①] 的平均 49.1 美金产值，以及欧盟 28 国的平均 39.8 美元产值。

对荷兰人而言，就是要"努力工作、高效工作"，然后安排其余的时间去度假、享受人生。或许有人会说："那是因为荷兰人的收入够高啊，才可以一直度假不用工作。"事实上，因为物价与税制等因素，在荷兰工作、生活，能存下的储蓄相当有限。一般荷兰家庭收入的中间值（并非总体平均值）约为每年税前 35,000 欧元，这已经包含 8％的假期金，因此计算下来，一个家庭的每月税前薪资约 2,700 欧元，税后的家庭每月实际收入约为 2,000 欧元（依 2015 汇率 1 欧元兑换 35 元台币，约

---

① 七大工业国组织指的是七大工业国：美国、英国、法国、德国、意大利、加拿大、日本。

台币 70,000 元）。由于荷兰课征较高的富人税，因而一般家庭很少持有股票、第二栋房子以及大量存款。简单举例说明，若一对夫妻拥有市价 40 万欧元且已缴清房贷的非自住（第二栋）房子以及 30,000 欧元存款，扣除 42,660 欧元免税额后，每年（根据 2015 年法规）将会再被课征 4,648 欧元（以预期获利率 4% 计算、课税 30%，即 1.2%）的富人税。

因此，多数荷兰人并不会为了增加收入而挤压其生活质量，认为钱够用就好（足以打平生活支出、有钱度假，有些预备金足以应付家电坏掉、交通罚单等紧急状况），不需要因为想要增加存款而大幅拉长工作时间。但一方面也由于欧洲整体经济状况不佳，过去三年内，有 25% 以上的荷兰人收入锐减，收入减少幅度高于 15%，主因有失业（35%）、疾病（18%），或从事收入较低的新工作（16%）。另外，有 30% 的人在收入减少前，毫无准备或不知从何准备，有 40% 的人在收入减少后，花光仅有的储蓄，有 60% 的人很担心未来的经济状况。因此，近来荷兰人终于开始有了必须存款的危机意识，不过，以我对荷兰人的观察，他们还是不会为了工作，牺牲太多的生活乐趣！

# 31 对的坚持
## ——老板并非全能,合理又大胆地与老板讨论吧!

有次同事和我们分享,前一晚的晚餐时间他正和 9 岁的儿子讨论事情时,儿子指正他说:"爸爸你说错了,事情应该是……"在叙述这件事时,这位同事带着骄傲的表情,在他的眼里,儿子的争论与纠正是极正面的互动,他以儿子为荣,直夸他很聪明。如同前一章谈及,荷兰老板与员工讨论甚至争辩时,多以开放的心胸面对,员工也择善固执、与老板据理力争,这便是荷兰从家庭教育、学校教育,一直到社会教育持续养成的特殊民族性。

大概就是因为这样鼓励思考辩论的交互方式,荷兰人总是能

以清楚的逻辑、快速的反应来厘清事情的脉络，多方面从过去的
原因、现状，以及对未来的影响来进行评估。这让我很佩服，一
个国家竟可以不分男女老幼，都有无惧阶级的平等思辨意识，在
这样大量辩论、商讨的背景下，荷兰政府激荡了许多创新的体制
与决策，而走在世界各国之前。早在 1976 年，荷兰便允许设立
大麻咖啡馆（销售少量大麻，政府的着眼点是认为越是限制、越
会对青少年产生吸引力）既然软性毒品（大麻）不同于硬性毒品
（海洛因、可卡因）具有致命性的危险，若允许使用少量软性毒
品、列管销售管道，应该更能够有效地控制毒品问题，好过于必
须不断防堵地下的非法行为。此外，2001 年荷兰已成为世界第
一个同性婚姻合法化的国家，同年也成为世界第一个立法允许医
生在特殊情况下，可为病人合法执行安乐死的国家，在当时被认
为"惊世骇俗"的政策，直接挑战了基督教的信仰伦理。

　　2013 年，荷兰前女王碧翠丝退位，她的长子威廉·亚历山
大登基成为新国王，许多政府机关建筑挂上新任国王、皇后的肖
像，然而，有一些法官认为皇后并非女王，是"国王的妻子"，
不符合在法庭上肖像前的誓言"以宪法国家元首之名义宣判"，
拒绝在国王夫妇肖像前宣判，法庭便从善如流取下合照，改挂国
王的单人肖像。有趣的是，之后为避免麻烦，干脆省去宣判前的
誓言，就不用讨论要放合照还是单人肖像了。这就是荷兰人，会

挺身抗辩他们视之为不合理的事、积极争取认为合理的事，同时又善于妥协、提出具有共识的解决方案，毕竟，连带有权威性的宗教信仰与国王都敢挑战了，还会怕跟老板争论吗？

遇到问题时，荷兰人相信"说出来"才是解决的王道，闷在心里绝对无法解决任何问题，因此，当他们遇到疑问或不满时，总能毫不犹疑地和当事人当面对话。这对我来说，实在是不容易的事，由于文化与个性的差异，我总是倾向于默默做事、有苦往肚里吞，外加荷兰人听不懂弦外之音，对含蓄表现、"喜怒不形于色"毫无概念。

有几次在办公室，我心里压抑到很不爽，被迫之下必须跟荷兰人一样"说出来"，即使对象是顶头上司或老板也在所不惜。几次下来让我发现，真正的问题或困难都是在提出来之后，才有机会启动沟通，也唯有在沟通之后才有机会解决；默默承担压力，大多是无法得到预期效果的。

若是争论未果怎么办？这就要视情况而定，或许两者之间能找出折中的解决方法，又或是最终听从主管做出的结论；然而，这并不代表是妥协于权威，其背后的思考逻辑则是"因为主管是要为决策成败负责的人，因而顺从他的决定"。

当重大争议无法解决时，"递上辞呈"也是常见的做法。若发现自己不适合目前任职公司的企业文化难以和主管或同事相处或是自认薪水偏低、寻求升迁加薪未果，荷兰人大多会开始积极找工作，一旦得到机会便离职另辟职涯跑道。曾经有位亚洲客户问我："荷兰人是不是常常换工作啊？为什么我有很多合作公司的联系人没几年就又换人了？"第三章曾介绍过荷兰的"终身合同"规定，等同于是保障工作权益的护身符。然而，即使在这样的情况下，依照荷兰人直爽的性格，绝不会委屈自己去做不喜欢的事，也不会瞻前顾后地待在原地，让自己不开心。或许，对于无惧无畏的荷兰人来说，刺激与挑战也是一种乐趣，因此，他们宁愿放弃稳定的饭票，也要选择投入新的挑战。

# 32 错的改正
## ——勇于指出错误，才能让公司更进步

有一次，我与荷兰同事走在展示间，突然看到他摇摇头说："这个英文字拼错了，一看就知道是老板做的。他又来了。"于是便拿出手机拍照，马上寄给老板，提醒他要赶快修改，免得被客人看到认为我们不够专业。这个小例子就可以得知，荷兰员工的积极程度，即使只是一件小事，若能产生最好的结果就得要坚持，用积极的沟通达成"我认为这是对公司最好的做法"之成效。当时，在我这个外国人眼里看来，这种文化最不可思议的是，员工往往不怕老板对自己产生负面的观感，怎样都要老实提出能让公司更好的建议，即使这非关争取什么个人利益。然而，在我比较

熟悉荷兰文化之后，才理解到我先前的观点，都只是个人经验的投射。其实，荷兰人似乎根本不在意老板对自己的观感，更不会因为畏惧阶级之间的压力而战战兢兢，或只是听命去做违背其意愿的事。他们会直接地提出看法，并与上司讨论怎么做比较好，彼此都清楚明白一点："出发点是为了公司好"。在荷兰工作一两年后，我终于也适应了这种文化，敢放心地与老板或主管据理力争，或是积极指出需要改进的地方，而不是只虚假地说"都很好"，之后却在背后大肆评论。

在公司某年的个人年度考核中，主管照例对于员工的工作状况与成果进行评分，除此之外，也会提出一些对于调整个人未来方向有所帮助的问题，譬如，现在的工作情况是否符合个人兴趣、个人预期的职业发展是什么、需要哪些进修课程？然而，面对其中的一个问题"作为你的主管，我有什么需要改进的？"我必须承认，要与主管面对面、提出他要改进的缺点，真的不是件容易的事，但是因为了解到荷兰文化，直白的建议并非禁忌，尽管紧张到手心直冒汗，我还是勇敢提出了许多我个人认为需要改进之处，而部门里的其他同事们在自己的考核会议上，大概也都不会客气地大鸣大放。作为一位荷兰主管，心脏绝对要很强大，同事们开玩笑地说，主管大概会后悔向部属提问这一题（结果下一年度的考核，真的就没有再出现这个问题了）。

我不希望犯了煽风点火、推人入坑之过，还是想提醒一下读者，看了本书这么多荷兰文化里说话直接的例子，请小心自己并非身处于荷兰的社会文化，在直指"你错了"之前，或许还是得要先斟酌一下，你的老板是否具有如此开放的心胸、与主管是否已建立亲密的伙伴关系？然而，若是面对没有这么宽容大度的主管，你一样可以偷偷掌握控制权、进行向上管理，让主管以为这是他自己想出来的优秀点子。譬如，以诚恳的语气询问他："这样的话，会发生的最糟状况是什么？"替代不留情面地指出错误，多给出几个具有建设性建议的选项，好让主管可以从中挑选，以替代"听我的，这样最好！"的说法，用"这样会不会比较有效？"的提问，而不去争辩谁才是对的。

虽然，与直接向老板点出改进事项的沟通方式比起来，这样似乎拐弯抹角了些、效率也比较低，但你可以当成训练自己沟通技巧的修炼过程，毕竟，大众的个性千百种，具有能够应付各种个性的能力，也不失为一种高竿的职场技能！

# 33 争取表现
## ——期许要升迁加薪，向上回馈工作表现

我们从小受的教育，总是告诉我们要默默努力做事，等时机到了，自然会有伯乐赏识、提拔。然而，在开始工作以后，我才知道外面世界的实际情况不是这样的，看着荷兰同事们积极分享工作上的捷报、争取新的表现舞台、在适当的时候提出加薪或升迁的要求后，我开始改变自己的态度，时常与主管更新进度，纵使只是以一两句提及最近正在做的事、有哪些新的客户，有技巧地让主管对自己工作表现印象加分。

有时候，在主管交代额外工作或要求时，常听到直率的荷兰人会说："好，我免费帮你加班"，或是技巧性地提醒老板："我

帮你做这件事没问题,但其实我是可以不用帮的喔!"他们认为像这样提出来,有机会为自己加分或是赢得一个人情,不说出来只会被视成理所当然,甚至会让自己的主动变成了惯例。

职场中,员工最想做、却不知该如何下手的难题,排在第一位的大概就是"争取加薪"这件事吧。然而,对于荷兰员工与老板来说,则会以不同的思考角度来解释这件事,员工(尤其是销售人员)会在争取加薪时展现出超积极的态度,老板与员工间常有的默契是"在会议室里尽可能为自己争取益处,能证明自己出了会议室后同样也具有能力与行动力,可为公司在协商中争取最大利益"。

在这种立论的解释之下,员工会用心准备好工作成果数据或加薪的理由,老板也较不会保持负面态度来看待要求加薪的员工,就事论事地检视工作成果与薪资,于是争取加薪成了双方你来我往的探戈,当一方在争取最大利益时,另一方则会争取最少的成本增加。许多时候,减少工作时数,或是增加休假天数,也是可能提出的取代方案,只要双方能达成最后的共识。

过去四年,由于荷兰警察们从未调整薪资,便在 2015 年提出加薪3.3%的要求,但因为警察属于特殊职业,依规定不得罢工,于是荷兰的警察们宣布他们将进行"怠工",这是指在意外、重大事件与紧急状况下,警察仍会快速出动,但在其他状况,只会提供最低限度的服务,除非遇上了重大违规,否则警方只以消极的态度开罚单，例如，在高速公路上一样会尾随，并拦下超速或行进中手持手机的驾驶，但他们只会与驾驶员说说话、聊聊天，但不会开罚单就让驾驶员离开（开车中使用手机被抓到的罚款高达 230 欧元）。这项怠工持续数月之久，各地政府发现各项相关损失及罚单的实质收入减少达数百万欧元之多，对政府俨然造成了重大损失。这即是在容许范围内，以有效的方式告诉老板："没有我，你的损失会有多大"！

我们公司曾开出一个重要职缺，其工作内容相当符合我的兴趣、专长与未来的发展规划，考虑再三后，我便提出内部的调职申请，想争取这个职位，以当时我的资历来说，几乎可用"越级打怪"来形容，结果也确实未能获得此职位。然而，在一年多之后，公司又开出了另一个工作内容相似的职缺，这时主管便自觉地询问我是否有意愿接手。事后回想，应该是那次的调职申请，让我有机会展现积极的工作态度，向主管阐述自己接下来的职涯规划、工作期许以及专业能力。因为这个经历，让我更加体会到，要为自己的职涯铺路，平时就需要好好把握机会、点滴累积。

许多人可能认为吹嘘成果、自我膨胀是办公室里讨人厌的行为而不屑去做，宁愿静静做事、期待主管的慧眼赏赐（尤其是女性或个性内向的人）。然而，我真心建议不需要有如此极端的做法，寻求中间平衡点，学会适时地为自己美言几句，以表达个人对未来发展的期望，让自己在工作场合中能建立积极、专业的形象，这对于未来升迁、加薪也会有所帮助。我认为，不论是个人对公司的贡献、建立的成绩，或是对未来发展的期待，都需要靠自己有技巧地向主管表达，而非消极地等待主管来询问。或许有些人不太在意升迁与否，但请记得，缺乏向上回馈工作表现，久而久之，也可能会为自己带来被边缘化的危机。

# 34 思考的弹性
## ——解决方法百百种,只要懂得协调与弹性

荷兰人的个性与其喜爱的字形均有个共同特征:圆滑(许多荷兰人手写字有如少女字体般圆润可爱)。圆滑的个性,指的是能够圆满解决事情的能力,特别是展现具有协调、说服人的能力,以及思维上充满弹性的选项。

在开始工作之初,沟通能力是我深知远远不如荷兰人的,毕竟我们从小的教育过程中忽略了沟通能力、与人互动、合作、协调谈判的重要性。因此,当实际面临需要解决的问题时,思考的路径往往会跳过探究事件的原因、省略了解他人的需求,而大多直接选择"比照以前别人是怎么做的"前例来解决,难免缺乏弹

性与应变能力，也成了俗语常说的"死脑筋"。

荷兰人常把"结果"放在首要目标，但"坚持目标"并不等于"坚持己见"，如果别人提出的解决方法同样能达到目的，他们也会欣然接受。另一方面，荷兰人擅长于侦测他人的需求，因而能提出其他方案来说服别人，这也是一项很有价值的工作能力。造访荷兰的观光客，经常会发现商店总是出现少找钱或是多找钱的情况，例如：0.98 欧元收你 1 欧元，0.97 欧元只收你 0.95 欧元，这是因为欧元有一分跟两分硬币，而荷兰与芬兰是欧洲最先开始忽略一分与两分硬币的国家，改把五分硬币当成最小货币单位，后来有越来越多的国家、商店也跟进这个做法。荷兰人在进行决策的背后，往往有一个很好的理由，而这个好理由往往跟"钱"相关。荷兰中央银行预估，若节省了这些小额零钱的铸造、运送、回收、管理以及时间成本等各成本开支，每年可省下 3600 万欧元，这真是个极富说服力的数字。

在荷兰，就连抗议、罢工的方式都很具创意。前面提及，警察为了争取加薪，便进行怠工以减少罚单收入，这就是一种创意。除此之外，他们也寻求其他在允许范围内的可行方法。譬如，四辆警车并列，在高速公路上以最低速限并肩行驶，高速公路因此被最低速限的警车占据所有线道，或是以大量警车环绕海牙（荷兰的行政中心城市），并同时开启警车鸣笛进行噪音抗议等。

2015 年 6 月史基浦机场的海关安检人员因要求加薪而进行抗议，抗议方法则是宣布挑选一天对所有到达史基浦机场入境荷兰的旅客手动进行行李检查，让入境大厅大排长龙。

如同第二章所说"尊重与自由"的荷兰式思维，对一般民众而言，即使会对其生活造成影响，人们也只是私下抱怨"真是蠢""很烦耶"，但很少看到民众会热衷于上网投诉或以投书方式来指责，不会积极于说服众人、试图要让他人同意自己的价值观。或是以一贯的幽默方式来看待，譬如，海关人员罢工的方式竟然是增加自个儿的工作量。

其实，以上提及的这一点也是弹性思维的好处之一，因为能够看到一件事的多面性，进而知道解决的方式可以有很多种，0% 到 100% 之间绝不会只有"全有"或"全无"两个选项，更不会是只有一套价值、一个标准答案。如果你的生活总是花费精力在与周遭的人争执"为什么你要这样做？""为什么你不这样做？"并因此感到疲累，不妨试着有意识地开放心胸，刻意听取他人的建议，然后去感受别人的方法，或许事实并没有想象的那么糟，通过这种练习，便可以增加自己思考路径的弹性。下一步，你便可以回过头来试图提供自己的想法和建议，而向对方说明"我的方式对你能产生什么好处？"，借此来增进个人的协调能力。

# 35 职场礼貌
## ——要拜访请先预约,下午5点以后不谈公事

　　有次,公司一位日本客户到访荷兰,依照其行程安排,对方只剩下星期六有时间,希望能在星期六到公司参访开会。当时我同事便直白地回答日本客户:"抱歉,假日我不工作,如果这次真的没时间,那就等下次有机会再约吧。"这么直接拒绝客户的要求,让当时还是学生、刚开始在荷兰实习工作的我当场冒出一身冷汗,心中充满疑问:"这样真的可以吗?客户会不会不高兴呢?老板知道之后,会骂人吧?"

　　然而,工作久了,我就十分习惯这类的对话了,如:"我5点下班,你能不能早一点来,让我们能有充裕的时间可以讨论?"

只差没说出口的是："如果要 5 点以后造访，就拜托你不要来了，我是不会留下来苦等你来，然后加班到 7 点之后的！"在荷兰跟中国台湾职场的众多不同特质之中，这可说是最经典的差异，荷兰员工不怕对老板说"不"，荷兰企业也不怕拒绝客人。在他们的观念里，每个人都要尊重他人有拒绝的权利，下班后就是要过个人生活、把时间花在自己的家庭与朋友上。荷兰员工加班并非常态，即使加班，也顶多一两个小时，几乎不会超过晚餐的时间。当事务繁忙，需要员工加班协助时，大部分的员工出于对工作的责任感，还是会愿意接受，但若是不巧，员工当天已有事先安排的计划，老板也得尊重员工，就算被拒绝加班也得要欣然接受。

此外，为什么荷兰很少发生刻意忽视劳动法规、压低薪资或提高工时等"惯老板"的事件？要探究这件事，我们必须先就员工态度的面向来讨论，只要是合理合法，要荷兰人站出来据理力争、挑战高权位者，一点也不困难。雇主一旦恶意违反法律规范的劳动条件或刻意压榨劳动者，员工可以提告检举，老板便很可能会受到高额的罚款。再者，相关单位也会积极地进行劳动检查。

以我的亲身经历来说明：在温室里需要不少的劳力工作者，而他们大多是通过派遣公司所找的外籍劳工，因此，园艺产业便成为劳动检查的重点对象。曾有政府劳动部来到我们公司检查，阵仗大到实在有些吓人，前后门有警察驻守，以防有人"逃跑"，

Chapter5

弹性思考的乐观态度

所有员工皆需拿出护照或居留证等身份证件，让相关人员确认具有合法的工作身份，而我的居留证背后备注为工作签证的非欧盟外国人，劳动稽查人员因此花上更多的时间，要求公司出示薪资单与合约，确认符合了证件申请的薪资门槛。政府单位执行任务，若查到不法情事，还可以增加国库收入，何乐而不为？因此，荷兰老板普遍不敢罔顾法纪、挑战政府规定。为了对照荷兰的情况，我上网查询中国中国台湾地区"劳基法"的相关规定，其中第10章第74条：劳工发现事业单位违反本法及其他劳工法令规定时，得向雇主、主管机关或检查机构申诉。雇主不得因劳工为前项申诉而予解雇、调职或其他不利之处分（法规数据库 http://law.moj.gov.tw/LawClass/LawAll.aspx?PCode=N0030001）。一样明列的法律条文，但，为什么实际的情况差别这么大？

这不禁让我开始思考，虽然我是一个不精通荷语的外籍劳工，但光是借由公司同事的讨论、人资主管的通知，以及网络上的更新数据，就大致能清楚了解身为荷兰劳工的重要权益、法律规定，由此可见在此环境下，劳工福利与权益是相当重要的议题，与自身息息相关，资方、劳方、政府三方将此放在台面上频繁地讨论，因而很难让自己漠不关心、置身事外。

然而，我过去在台湾生活这么久，也在台湾短暂工作过，却不记得自己曾经和同事讨论或关心过身为劳工的权益与规定。即使出去留学后，每日追踪台湾发生了什么事，也未见劳工的基本权益与福利曾占据过大篇幅的媒体报道，或是引发热议与讨论。而"劳基法"自 2016 年 1 月 1 号起，将双周的工时 84 小时降为每周工时 40 小时，且规定每周工作时数不得超过 48 小时，这应当是大幅影响工作环境、与劳工切身相关的修法，然而，大众对这则新闻的注意力及讨论似乎远不如八卦。

身为一名劳工，除了监督政府与资方，对于改善劳动环境最直接的方式，就是从改变自身的态度做起，借由关心劳资议题、支持劳动团体，为友善工作环境的推进贡献一己之力等来扭转。改变环境绝非一朝一夕可完成的事，但总需要有人踏出第一步。

# 36 待客之道
## ——服务至上？我才不吃奥客这一套！

你是否觉得台湾的奥客①越来越多了？许多企业推崇顾客至上，老板要求员工一定要让客人满意，更加助长了这种风气。

除此之外，这可能也会形成恶性循环，许多人因为职场上被老板拗，却又无力抵抗；被顾客提出不合理要求，却又必须顺从；于是在私人生活的时间，其行为也有意无意地如法炮制。

然而，我相信这情况反之亦然，一个员工若在办公室中，体验到老板尊重的态度、自己的付出与努力被感激，必然能体会这

———————

① 奥客：闽南语，指态度恶劣的客人。

种正向感受，离开工作场所时，也会尊重其他人的职业与工作。

在第四章"天生的商业头脑"中，我提到荷兰服务生大多会亲切抬杠、聊天，但也可能有机会遇到另一种完全相反的经历。荷兰服务人员忽视、甚至拒绝你的要求，或在客人面前不耐烦地翻白眼，因此，不少观光客产生错乱，到底该说荷兰人是亲切友善，还是粗鲁无礼？

初到荷兰从事销售业务工作之时，我的主管观察到我处理客户关系时，总是自我督促要回复得够快、又能让客户感到满意，他也发现我会不时对他过度反映客户的要求（甚至是无理的要求），于是主管说了让我感受文化冲击最深的一句话："我感觉，在亚洲的销售模式是请求你买我的东西，客人至上，客人都是对的。但我们不是哟！客人是因为我们能提供他所需要的服务或产品，因而掏钱出来，我们是互利互惠，是平等的关系，你并不需要把客人当成国王。"

没错，在荷兰即便是服务业，也无须将顾客当成衣食父母般讨好，店员或服务人员与顾客皆为平等，更不用低声下气地拜托客人消费，因为消费者的地位并没有比较高。如果客人试图表现出高人一等的姿态或出现指使的态度，荷兰人大概会毫不客气地压制回去。

有一次，在完美天气的下午外出，庭院咖啡厅里坐满了刚骑完脚踏车进来喝杯咖啡休憩的客人，有位太太以很不耐烦的态度质问服务生："我比那一桌先来，怎么会先上他的东西？"服务生当面要求她修正态度，并回复："有比我先来吗？我是今天这里最早来开门的。你点的东西还没好，所以还没送来，这很难理解吗？"我当时听得是冷汗直流，但在荷兰待久了，对这样的对话早已司空见惯，像试图制造阶层高低的举止，的确是触碰到许多荷兰人的底线。

对照日本人有礼、生怕麻烦到别人、频频说对不起的文化，生性活泼调皮的荷兰人，有时甚至会以捉弄人、麻烦人为乐。时时刻刻都客气小心、顾客至上的消费文化，大概会让许多荷兰人难以想象。不久前，我与一位荷兰同事到日本出差，一路上他见识到售票员、便利商店店员、饭店柜台、出租车司机，甚至是合作客户的频频鞠躬道谢或道歉，让第一次到日本的他感到受宠若惊。路途中，我们经过一个道路施工中的警示招牌，上面图案是鞠躬的工人，一旁的日本代理商向我们解释说道："看到这个鞠躬的图案，可能很多外国人认为是鞠躬说谢谢，但其实意思是道歉，为造成你的不便而说对不起。"同事便半开玩笑地说，如果是在荷兰，一般会说谢谢你的合作，甚至在招牌上写"为了你往后的方便，我们正在进行必要的施工"，这样说来，便换成是路人要向施工者道谢了。

　　隔天，我碰巧看到一张网络照片，施工招牌上以荷兰文写着"道路施工请改道，脚踏车多骑 3 分钟可以消耗 22 大卡的热量。"这样的说明令人不禁感到幽默而会心一笑。如同之前提到，荷兰人善于侦测别人的需求，借此来说服人，也善于思考"我能带给别人什么好处？"

　　原来，只要换一个方式表达，就能让人想到道路施工也能带来的意外优点。就是因为能意识到本身的价值，又善于运用说服式的沟通技巧，无须说对不起便能取得谅解，更不用刻意降低自己的地位。

# 37 自发性的进修
## ——学习新的语言，发掘其他人生可能

就读国际课程时，我与班上唯一的荷兰同学聊到，申请到荷兰学校后我曾经学过荷兰文入门课程。他不解地问："为什么要学荷兰文？荷兰文没用啊！世界上就只有荷兰、比利时、阿鲁巴还有几个中美洲小岛讲荷兰文啊！"地理位置夹在英、德、法三强之间的荷兰深知自己为小国，需要仰赖贸易，因此，虽然母语为荷兰文，但英文是从小学便开始的必修课程。荷兰的孩子大约从13岁开始，便得选修另外两种语言，最常选择的是德文与法文（对外国人来说，荷兰文本身就像是英文加德文加法文的综合体）。的确，贸易是荷兰人学习语言的最大动力，除了英语之外，

德国是荷兰最大的贸易对象，因而也有不少荷兰人能说流利的德文。他们常说，要学其他语言，是因为母语在国外没用！在荷兰，大多数人都能流利地以英语沟通，当我婚前第一次与已近70岁的公婆见面时，我们便能毫无障碍地以英文交谈，在离开之后，我的先生才惊奇地对我说："我现在才知道原来我爸妈会说英文！"

荷兰人的教育模式，大多会鼓励孩子多尝试、少限制，重视其选择的自由。也因此，荷兰人长大成人之后仍能保有赤子之心，并对新鲜事物持有好奇心及兴趣。从语言学习这个面向，便可以看到荷兰人自发性进修的行动力，他们进修往往不是为了考试、得高分，而是把语言视为日常使用的工具，或是发掘另一种新生活形态的媒介。

举个实例，我先生的堂弟从小便对考古与生物有着浓厚兴趣，在父母的鼓励之下，他参与了许多活动，高中起便到自然博物馆当义工，以英语对参访的外国学生团体解说。高中毕业前，他参加了波兰考古的研究团队，在波兰的工作结束之后，他回到荷兰开始学习波兰文，他是这么说的："学波兰文之后，跟同事讨论事务就方便多了，况且我也想看懂波兰菜单啊！"

工作时，在我身边多是从事国际贸易的销售人员，自发学习语言的例子更是不胜枚举。有人在学校毕业前到哥伦比亚的农场实习，为了追求心仪的女生，几个月的时间下来，已能说得一口流利的西班牙语；负责中国市场的同事，在出差时总是戴耳机听中文课程的 mp3，希望能跟中国客户多聊几句；因为需要开发新市场，怀孕的同事认真学习西班牙文，产假结束后，已经能和西班牙人闲话家常；一位区域经理为了追讨意大利客人积欠的权利金，先前往意大利一趟，好熟悉意大利的生活与民情，在得知意大利人不太说英语，而外国人一旦会说意大利文，好感度便会大增，于是回到荷兰上了三周的语言学校，三个月自习后再次前往，顺利收回之前的积欠款项。

正因为亲身接触了这些众多的实例后，我除了感佩荷兰人的语言能力，也明白这一切皆来自于其自发性的学习动力。不久之前，LinkedIn 调查全球 2 万多名全职员工对职场环境的满意度（其中包括近 700 名荷兰人），据此研究结果显示，荷兰人喜欢有内容、有挑战性的工作，也重视目前工作对未来职涯发展的可能性、个人成长机会，他们考虑这些因素的重要性，更胜于拥有高薪却无聊的工作内容，也不太热衷于追求职位头衔，仅有 16％的荷兰人重视工作的薪资与福利，远低于此调查中的全球平均数值（49％）。这项研究再次说明本书里重复强调的重点，虽然荷兰人以精打细算闻名，但他们的生活哲学绝非"赚钱至上"。

虽然荷兰员工对现有工作及老板的满意度比例极高，但他们对于新工作或新机会，仍普遍保持着开放的态度，保持这般思维的比例高达81％，不守旧，也不会害怕变化，当具有挑战性的新机会降临，荷兰人往往会无惧地迎接变化与挑战，换个工作真的没什么大不了的。

# 38 正面思考
## ——悲观者的限制，是乐观者的机会

在一次销售会议上，主管提到我们得在紧张的时间压力下销售完一批库存。一般来说，面对库存或是残货，怎样都是一个令人头大的麻烦，我在谈论的对话中提到这是"Difficulty"（困难），却立刻被主管纠正，改口说它是"Opportunity"（机会），代表这有可能让我们销售更多的产品，只是要找到对象想办法达成。

老实说，当时我心里颇不以为然，认为不就是在口语上换了个词罢了，但这就是一批有时效性的库存，是改不了的事实，若卖不掉就会面临销毁、产生损失。然而，事件后来的发展，却让我亲身体验到"正向思考"是怎么一回事。我们的销售团队利用这批库存，用比平常更优惠的价格，接触了几个一直对价钱很敏感、却从未与我们购买过的潜在顾客。

于是，因为这批库存所产生的"机会"，就此打开数个潜在客户的大门，让他们有机会熟悉我们公司的产品，而成为真正的客户，我们也开始定期地联络与拜访，与他们发展出长期的合作关系。我们的商品平常几乎不会以低价来进行促销，但如果不是这样的"机会"，我们也难以开启这些后续的商机。

工作上，我会接触到许多亚洲背景的客户，对照荷兰的行为模式，亚洲文化通常是行为保守的悲观主义，看待事情，总会先看到限制因子、报忧不报喜，或先暗自断定"不可能"，因为害怕失败而踌躇不前，于是我总得花费一番心力与时间来说服客人看见机会、开始尝试。荷兰人的做法则是先做好功课、搜集资料，在仔细分析后，一旦推定有潜力，就立刻展现强大的行动力，在有根据与背景资料的支持下，不会因为害怕结果失败而不敢行动。

此外，亚洲文化普遍不习惯于开口询问或要求（如升职、加薪），将"被拒绝"视为挫折的来源，但这样"不要问"虽然能避免"被拒绝"，却也容易错失良机；或是光考虑着面子问题，害怕问问题，认为这样就表示自己懂，似乎展现了优点，但日后必会为这种不懂装懂的行为而付出"代价"。而荷兰人则多半想到什么就直接开口询问、想要什么就开口要求，因为他们认为有人问，就代表有机会，反正被拒绝也没什么损失，大不了耸耸肩说："好吧！那就这样吧。"

曾经有一所荷兰学校看见招收中国台湾学生的"市场机会"，于是派出两名职员来台招生，花费了机票、住宿等费用。我陪同他们拜访多所相关大学系所，在许多次和系主任或教授的会面中，教授们不约而同地提问是否会提供奖学金，否则学生们大概没有能力或没有兴趣出岛留学。习惯自立自强的荷兰人一头雾水，有些泄气地问我："我不懂，要不要来读书进修，不是自己的决定吗？为什么提供奖学金却变成我们的责任了？而且，这学费是为了未来机会与发展的投资，怎么只把它当成金钱上的损失呢？"务实且直白的荷兰人总能一针见血地提出问题，而我也从这件事上，清楚感受到双方文化的差异，最大的不同便是对机会的认知与面临机会时的实践力。

悲观者看到限制，乐观者看到机会。那么，我们可以说荷兰人是不怕任何失败的乐观者，似乎再糟的状况发生都能从中觅得希望，或许这可以解释为何多数荷兰人总是对自己充满信心，也乐于接受新的挑战，不怕失败，即使遇到困境，也相信自己有能力可以从困境中找到转机。

先前提到将库存危机变为转机的事件，让我自此下定决心要调整自己，不要预先保持悲观主义的心态，试图将思考途径转为以正面思考优先，借由从日常生活中不断地练习。大约经过 6 个月的时间，我便发现自我的改变，当遇到一个事件时，会先注意到在这个现况下会发生什么好事，而不是只是想着无法克服的困难，即使天塌下来，也要先想到"哇！我离星星好近，一伸手就能摘到了呢！"我相信这一点点思考途径优先级的差异，会大大影响一个人的行动力，而"行动"便是决定日后进步、发展的关键。

# 39 休假模式
## ——休假是为了迎接更多挑战、重新冲刺!

第三章曾跟大家介绍荷兰休假与假期的相关规定,现在,我们要来说说荷兰人是怎么看待周末及休假的。

我们办公室里有个陈年的老派幽默,星期一下班回家时,佯装乐观地跟其他同事说:"太好了,再过四天就是周末了,加油!"又或者到了星期五的下午3点,同事们会彼此互相打气地说:"接下来的这一个小时,就是整周最难熬的60分钟,撑过去就是周末了!"好不容易,来到了星期五的尾声,大家更会比平日提早半个小时结束工作,若遇到好天气,便把桌椅搬到户外,同事们坐在一起聊天、喝啤酒、吃零食,然后再开开心心地回家度周末。

度假，可说是荷兰生活十分重要（甚至是最重要）的一部分，在公司，同事之间习惯会问彼此："你预计下次何时去度假？想去哪里啊？"当发现某个同事工作时不断发生小错误，或出现脾气烦躁的现象，也会给予提醒："你压力好像太大了，该去度假了！"度假的作用是让人充满电力，褪去之前累积的挫折与压力，好在回到办公室后能够精神专注、重新冲刺。

的确，每次刚度完假回来的同事，在第一天早晨总是带着轻盈的步伐踏进办公室，花五分钟跟大家聊聊度假地点的天气如何、发生了哪些趣事，然后满脸笑容地迎接整天的挑战；相较于度假之前，与那些不耐烦、精神紧张、无法专注、频频出现小失误的状态，真是天差地别，可见适时的休假，的确是有效恢复工作效率的方法。

我个人也有过多次的亲身体验，度假让我得以转换环境、跳脱框架，每当回到工作岗位后，我重新审视先前遇到的问题时，头脑往往特别清楚。度假有助于获得解答，或是能想出有创意的解决方法。

若是正处于向劳工福利专责机构（UWV）领取失业津贴的状况下，在度假之前，也需要事先向UWV报告要去度假的事宜。什么？失业了还要度假！没错，荷兰人认为在失业的状态下，一整天关在家里、沮丧不得志，怎么会有动力找工作？因此，对失业者而言，适时的精神休息及放松一样很重要，可以让人焕然一新，带着信心再度投入求职。而 UWV 发放失业津贴的模式，就有如是身为老板"雇用"这些失业者，买下其工作时间让他们寻找下一位雇主，因此，度假前需要向 UWV 单位报备，就如同向老板请休假。由此可知，休息、周末、休假对于荷兰人来说，是着眼于身体与心理健康，预期能产生更有效率的工作结果。

现今在中国台湾地区，下班时间用 Line 实时掌握公事进度，似乎成了一种常态。然而，在荷兰，若是下班后或同事休假期间有急事联络，由于已打扰到同事的私人休息时间，最好先说声"抱歉"，当是紧急的重要事件，被急 Call 的同事还是会乐意放下手中的啤酒、离开舒服的日光浴，起身给予协助；但是，若真的太夸张，只是为了点芝麻小事就联络休假中的同事，或是求助的频率太高、占据太长的时间，大多会被视为无礼的行为，休假者通常会直接忽视，不接电话、不回复，若对方还不识相地质问为何不接电话，荷兰人很可能会理直气壮地说："因为我下班了！""因为我在休假！"甚至半开玩笑地说："那你要付我休假时的加班费吗？"借此让对方知难而退。

我的另一个亲身经历可以说明这种"非紧急事件，不打扰他人休息权益"的情况。在我的预产期将近时，负责孕期顾问的助产士提醒我们，届时可能发生什么状况、应该要怎么做。她提到：

"如果是半夜羊水破了，就观察颜色，看到是不正常的深色，便打紧急电话，直接去医院；但如果是正常透明淡色，就等早上8点打给我，我们再安排去医院。"第一时间我还以为自己听错了，能这么悠哉吗？再次确认健康无虞后，便也毫无疑虑地接受了，以同理心体会半夜是助产士的休息时间，除非是真的紧急，否则，即使生孩子也是可以等的。

若是已经习惯把工作视为义务、随叫随到的生活模式，大概难以想象这种"工作与私人生活分明"的境界。很多时候我们总是容易把工作与私人生活时间混在一起，以前的我有时放假不知道要做什么，只好处理跟工作相关的事务，而我经历了好长一段时间才改掉这种强迫性的症状，因为在荷兰，这真的"不太正常"，尤其是当不再是单身、有家庭时，身边的家人便可能会对这种行为直接提出抗议。

有一次，休假中的主管打电话回办公室，询问一个临时想到的问题，荷兰同事挂上电话后便说："他不是在休假吗？我要是他老婆，发现一同来度假的人脑子里还挂念着公司的事，下次肯定不跟他出来玩了！"由此可见荷兰人对"下班""放假不工作"的标准很高。就算是老板，也应该学会信任与放手，休假时不需要放不下心、时时追踪工作进度。

　　或许有人在听到"快乐生活"与"放假"，会联想到"不负责""没上进心"。然而，透过荷兰的例子却可以得知，其实不需要长时间工作，也能增加公司的产出成绩（请见第四章）。只要主管给予更多工作上的授权，便可以得到具有思考能力、能独立解决问题的员工，企业才能发展出真正的竞争力，而不是把每个员工训练成唯唯诺诺、时时刻刻工作的机器人。有快乐生活的员工，才能形成企业的正面循环，促进工作效率，提高思考逻辑、创意等工作能力。我想强调的是，将重点放在思考如何有效率地工作、如何让自己及身边的人能生活得更有意义，否则你的人生只能对你的老板或是银行存款有所交代，却缺乏实质价值。

# 40 私人生活
## ——工作之外的排序，打造人生的重要时光

在荷兰，我刚以学生身份到公司实习时，人资经理帮我找到一间位在台夫特（Delft）的出租套房，跟我介绍这是个有趣热闹的城市，生活不会无聊。当时的我，仍受到中国台湾职场文化的影响，认为工作就是生活、生活就是工作，不觉得居住在有趣的城市有这么重要，只要住的地方能上网就好了，反而一心想住在公司附近的小镇，以节省每天上下班的通勤时间。

后来，在身边朋友的强烈建议下，最后还是选择了台夫特。同事们说，我若是住在公司附近的乡下小镇，不太容易有机会融入小区，到时候，生活的重心真的就只剩下工作了。

之后有好长一段时间，老板与同事们总是不断关心我这个外国人有没有去运动、有没有参加活动或社团、有没有认识新朋友？他们不断地告诉我，生活要有趣，才能以高度的能量持续投入工作。他们希望我是自认"在荷兰生活"，而不是"在荷兰工作"。

在荷兰的"短工时体制"之下，工作只是生活的一部分，大约占有每天 1／3 的时间，多出来的时间全部都留给家庭、朋友、个人兴趣、运动、派对，或是进修。每年 25 天的年假，则是为了让我们抽离工作，与家人朋友们好好相处的 Quality Time。

如果你的工时超长，建议认真思考一下是否还有其他机会或选项。一个能有充分休闲时间的工作，除了可以用来放松、运动、与家人相处，也能让你拥有其他未来发展的机会。譬如，在下班之后或休假时间，我会写书、写文章、经营粉丝页，若是工作时间超长或时常加班，我根本不可能在家庭之外的时间完成这几项挑战。如果你的工作完全不给人喘息的时间、让你做想做的事，那么，就必须评估这份工作所给予的经验及薪水，是否值得你舍弃其他自我发展的可能——家庭，以及人生的种种乐趣。

目前的中国台湾，甚至韩国、日本，在工作上的超时状况可说已到了某种扭曲的地步，甚至有些企业还违法地没有给予加班费或补休。然而，更不可思议的，是我们竟默许这种状况，甚至视之为常态，非但没有为自己争取，当有人出来发声时，还用"我也是这么惨，你们凭什么吵？"的立论来扯后腿。请容许我再次发声，以荷兰人"每件事都有它的标价"的角度来问问题：你超时工作的时间，到底可以换取到什么？加班费？未来发展的机会？更多的经验？人际网络？仔细想想后，会不会什么也没有？

当公司环境、人事或薪水变得难以忍受之际，荷兰人会为自己发声（当工作量长时间超出负荷，便告诉老板应该多聘人手），若状况未能改善，接下来便是积极寻找其他出路，投履历、找工作。相较之下，台湾同胞的忍受力好强，常常不到最后关头绝不放弃。但我还是想强调，你需要分清楚此时如此刻苦耐劳，到底是细火慢熬的过程，最后会变成"美味的草莓果酱"？抑或是表现坚强、拒当草莓族，但最后却变成"被抛弃的甘蔗渣"？

具备高度的忍耐力不一定是好事，有时需要表达出自己的不满才有改变的机会。除非每天不间断地工作真的是你的志趣，否则，开始积极寻找其他机会吧！还记得荷兰人的"务实"特质吗？就是看透事物实际最终目的的能力。多数荷兰人把生活的目标设定为"快乐"，而金钱是达到快乐的众多方法之一，而非唯一的途径。或许，我们一样会告诉自己"人生要快乐"，却不断汲汲营营地想要努力赚更多钱，误把"金钱"设定为目标，做任何事情都是为了达成累积财富。然而，却在不知不觉中，牺牲了健康、家庭及自我实现，或许你现在就需要静下心来，认真排列人生各项价值的优先级。

# Chapter6

## 最具幸福感的美好生活提案

　　有一种人虽然不是热爱工作，却总自愿在办公室里留到很晚，要借此逃避面对家庭关系中的问题，或是逃避下班后一个人不知如何是好的独处时刻。然而，若是能花时间与家人建立（或修补）关系，享受与家人相处的时刻，或是发掘自身兴趣，你会恨不得赶快下班、飞奔回家。就是因为下班后的生活多彩多姿，荷兰人一点也不眷恋办公室。

# 41 逛超市做晚餐
## ——外食是高档享受，在家用餐更温馨

看到这里，相信你已对于荷兰人的特殊性格、职场环境、工作态度留下深刻的印象。既然荷兰人工作的时间不长、总是把时间投入在私人的生活领域上，那么，下班后的他们到底都在做些什么呢？在这一章里，你将看到荷兰人下班后的生活、众多日常琐碎大小事。下次若有机会来到荷兰，你不妨多加留意当地人的生活方式，若是你即将到荷兰读书、工作或依亲，希望这些介绍能有助于你融入当地生活。

入夜后的荷兰无趣、冷清，即使是观光客也能明显地感受到，多数商店在晚上 6 点后关门，星期日也不营业。

这是因为荷兰法律规定商家的营业时间仅限在上午 9 点至傍

晚 6 点的范围，不是想开 24 小时就能开 24 小时，特殊营业时间的商家（营业至晚上 10 点之后，或是在周日及假日营业）需要向市政府申请，以取得批准的许可执照。因此，商业活动的时间会依各地市政府的态度而有所不同。例如，前 10 大城市或是观光客众多的小镇，已逐渐习惯某些商店在周日也开门营业的模式，但一些保留传统宗教信仰的地区，则该地政府可能仍会对周日营业加以限制。多数城镇会在每周订下一天为购物夜（Koopavond，多数为星期四或星期五），在这个晚上，商店会集体将营业时间延长至晚上 9 点，以集中购物人潮，并让需要的人能有效率地在一个晚上买完所需的物品。

与商业活动极活跃的中国台湾地区相比，荷兰在这方面仍延续颇为传统的生活模式，没有太多的夜生活场所，下班后，大多想着回家与家人共进晚餐，再加上外食价格昂贵，一般家庭平均一个月才会上餐馆一两次享受一下，花钱购买气氛与服务。而传统的荷兰食物大多简单、快速，不太讲究精致度，主食常常是马铃薯加入蔬菜搅拌成泥状，盘上再佐以肉丸，有些传统家庭甚至可以日复一日地吃着这种蔬菜马铃薯泥（Stamppot），顶多置换不同的蔬菜，或把肉丸换成香肠。随着餐饮经营方式逐渐多元化，荷兰家庭晚上的餐桌也不再只有马铃薯了，开始融入许多异国元素。就好像印度尼西亚曾是荷兰的殖民地，因此，现今荷兰大众化的餐点中，也会出现许多印度尼西亚菜的影子，譬如：炒饭、炒面、沙嗲、花生沙嗲酱、炸春卷、印度尼西亚式辣椒酱等。由于荷兰人大多在家料理、用餐，于是超市也供应许多便利的熟食料理，以及让主妇省去切菜步骤的混合蔬菜包，不论是想炒面、做千层面，或是想煮道蔬菜汤，都有专用的蔬菜包装，以满足现代家庭追求快速、新鲜又健康的需求。

一般荷兰人对于食品安全、运送与保鲜流程以及政府在这方面的管理把关，似乎都具有无比的信心，不太担心农药残留、添加物成分这些问题，买来的蔬果仅稍微冲洗一下，甚至许多时候不用冲洗就直接切或食用。而我在吃蔬果前，至今仍改不了习惯性的仔细清洗，因而时常受到同事与先生的异样眼光。说真的，我自己从事园艺产业、住在温室蔬果的产区，算是十分了解荷兰温室里的农药使用频率与规范，想一想，似乎的确没什么好担心的。有一次看到电视节目中，稽查小组高标准检视餐厅厨房是否符合规范，就连薯条炸网都要求刷洗得亮晶晶，除了讶异，我也才真的理解到，就是因为严格的规定与把关，荷兰人自然对他们的食物都能如此放心。

虽然荷兰的传统家常食物称不上细致、讲究，但也别误会荷兰是美食沙漠！由于受到法国美食文化的影响，在这里多数餐厅是走精致法式餐点风格，小小的荷兰境内，就具有上百家米其林星级餐厅。而近几年，中国人开设的餐厅带来吃到饱寿司、吃到饱自助餐的经营模式，这才逐渐打破荷兰人对昂贵外食的印象。

另外值得一提的是贩卖炸物零食的小吃店（Snack Bar），不但价格亲民，更适合偶尔嘴馋、特别想吃点油炸小吃，或在看足球转播的晚上到小吃店外带一些炸薯条、炸春卷（你大概会被巨无霸尺寸的春卷吓到）。若有机会造访荷兰，在吃荷兰薯条时，别只记得沾西红柿酱，学着本地人沾点美乃滋，或是配上咖喱酱，再佐上些洋葱碎末，尝尝这些地道的荷兰国民美食！

# 42 电视与新闻
## —— 生活之余的额外娱乐，前卫的节目制作

在荷兰，2013 年即有 78.3% 的家庭已装设数字电视，即使不懂荷兰语，还是有很多英语电视节目可供选择，譬如 Discovery 频道、国家地理频道、英美影集、电影等。这类的频道与节目，在德国、法国甚至其他欧洲国家，往往会改以母语配音，然而，由于荷兰收视人口少，他们选择较为经济的方式，让这些节目保持英语发音，再搭配上荷兰文字幕。

许多荷兰人认为，收看英语发音（而非母语配音）的电视节目，是荷兰人英文普遍不错的主要原因（每当我听到这句话总是保持着怀疑，因为自己也是从小看电视听英语发音再配合字幕，

但英文也没有因此变好啊）。由于荷兰人的休闲兴趣及社交活动众多，看电视往往是不需赴约、没事可做时的最后选择，因此，一般节目的收视率普普通通，唯有遇上环法公开赛、重要足球赛、奥运等运动赛事，此时热爱运动的荷兰人才会紧盯电视，这些重要的运动转播便毫无意外地成为收视率冠军。

在一般情况下，一整天收视率最高的节目通常是晚间 8 点的新闻，每天固定收看的观众大约有 150 万户。对于新闻节目，荷兰人大多有一个共识：电视新闻并非综艺节目，所以应该言之有物，因此，荷兰的新闻不走哗众取宠路线。

至今的荷兰电视新闻，在制作上仍保持清爽的画面，上下左右没有任何跑马灯，只有角落小小的电视台标示，主播也无须费心打点外表与服装，语气平淡地依照事件的重要程度来播报。一般而言，首先是国际上重大事件的发展、国际的战争近况，接着才会将重点转至国内。相对来说，荷兰的国内新闻大多平淡无奇，但不时会展现荷兰人骨子里统计狂的性格，譬如说："上个周末是烤肉的好天气，全国有 7 个人因为烤肉而受伤送医。"

荷兰的电视台分为政府经营（NPO1、NPO2、NPO3）以及其他商业电视台（譬如 RTL4、NET5、Veronica、SBS6）。政府所经营的三个电视频道会播出适合所有年纪层观赏的节目，可充分展现社会面、文化面，或具有足够的国家代表性，再来就是重要的运动赛事或记录片，节目进行时不会进广告、中断播出，广告仅出现在节目与节目之间，并设有最高广告收入的限制，以避免为了追求广告收益，而丧失节目的公益性。前面所提到收视率常胜军的8点新闻，即是来自政府经营的电视台，虽然商业电视台同样也制播了新闻节目，但内容通常较为轻松，并不时穿插一些娱乐或网络新闻。多数荷兰人十分清楚自己收看新闻的目的，因此，第一选择还是NPO1的8点新闻，以便在30分钟内确实掌握国内外的重要大事。

另外值得一提的就是达人秀、歌唱选秀、游戏竞赛之类的综艺节目，完全展现了国家虽小、雄心却很大的概念。荷兰人口不到1,700万人，收视率最高的节目也不过是约两百万的收视户，每每看到华丽的舞台机关、高额奖金，甚至包下一整座位于亚洲的小岛作为节目场景，我除了吃惊，更是充满了疑问，为什么制作单位能砸下如此大的预算。后来我才明白其中的奥妙，并且又再次证明了荷兰人看到的是机会，而不是限制。

第一个例子，是1999年在荷兰播出的"Big Brother"实境秀，长达几个月的时间，参赛者们会被关在放满监视器的豪华别墅里，由观众投票决定该淘汰谁，最后留下的获胜者可获得高额奖金。这个节目的好点子随即授权卖出至德国、法国、英国、美国等58个国家，让全球吹起了一阵实境秀的跟风热潮。

　　而后，荷兰的 Talpa 公司依此操作模式扩展其娱乐事业的版图，制作团队以新点子制作而成的众多节目先在荷兰首播（至今已制作超过百个综艺节目），详细调查统计收视族群的反应，再将节目的规则、舞台灯光、音效等等细节设计成整体方案，展示给其他国家的节目制作公司或电视频道，以进一步洽谈版权的销售。近期的"The Voice"节目，发展出与其他达人秀不同的游戏规则，加入导师的元素，让观众投票来互动，并将此制作模式授权制作成近 50 个各国当地版本，目前延伸出的节目有超过 150 个国家地区播出，其中一个就是我们相当熟悉的《中国好声音》（现已改名为《中国新歌声》）。

# 43 院子与居家布置
## ——重视生活格调，家家户户都是样品屋

　　在荷兰的建筑中高楼层的建筑并不占多数。直到现在，荷兰仍没有高于 200 米的摩天大楼，境内最高的建筑物也只有 46 层楼高，这些高楼大多是位于三大商业城（阿姆斯特丹、鹿特丹、海牙）市中心的办公建筑，非一般住宅用途。荷兰人对居住空间颇有想法，认为这是生活质量很重要的一环，他们不爱高楼大厦或有如鸟笼般的公寓。在经济能力许可的情况下，原先住在公寓的人，换屋目标便是希望住在有独立门户的房子；而原先只有阳台的人，通常就会期待能换到有院子的住所；而原先有院子的人，便会看上有更大的院子，或是要朝南、采光好的房子，好让阳光

洒满屋内的空间。

　　"家"是工作结束后与家人交流、放松的地方，对荷兰人的重要程度不可言喻，从室内外空间与摆设就可以看得出来，他们对居家生活的质量、品位颇为要求。若有机会造访荷兰，你大概也会十分惊讶于大家的住宅为何都能维持如此干净、整齐，没有多余对象呢？然而，能打造出这样漂亮的房屋，绝非偶然，许多荷兰人十分注重房屋的外观状况，会定期请人来清洗窗户，或是每隔五年就找人来修补受损或褪色的外墙，甚至许多住宅已有上百年的历史，却依然保持着相当良好的状态。

　　周末下午，许多电视频道会播放居家改造装潢、改善庭园摆设的节目，更不乏毫不掩饰的植入性营销，观众可以清楚看到花瓶、椅子、楼梯、窗帘由哪家供货商所提供。由于荷兰当地的人工费用昂贵，若是雇用人来搬家、铺地板、组装厨房、刷油漆之类的劳力或技术性工作，每小时收费范围普遍介于30至70欧元，因此DIY风气非常盛行，无论是自己动手或号召亲友团来帮忙，往往可以省下一大笔的开销。似乎许多荷兰人也很享受这种手作的乐趣，一谈到居家改装就显得兴致勃勃，也乐于花上大把时间逛DIY家饰材料行。

　　荷兰住家的特色是拥有许多超大的窗户，好透入自然光并拥有绝佳的视野，时常到了晚上才放下窗帘。而入夜后，可以看到大多数荷兰住家里仅有昏暗的灯光，而绝少使用日光灯，因为这种惨白明亮的环境会让他们联想到办公室或医院，而不该出现在居住空间。也因为这样，蜡烛是各式大小商店的常备商品，荷兰人喜欢在晚餐过后点上蜡烛，使用烛光营造出舒适的居家情调，套句荷兰人最爱的口头禅，这样才是"Gezellig"（惬意享受）。

路过荷兰人的家，家家窗户都像是家居生活店的展示橱窗，窗台边、客厅里则放了大大小小的盆栽，屋里放不够，还有院子和阳台等可彻底发挥创作才华的空间。荷兰人时常逛园艺卖场为家里添购新鲜美观的盆栽花卉，尤其是退休人士常以整理花园来消磨时间，并会依照季节来更换植物，由于我从事的是花卉产业，最喜欢这样的消费者了！近几年来，荷兰还流行起佛陀头像的装饰品，这当然不是宗教因素的影响，荷兰人纯粹视其为充满异国风情、"禅道"的艺术品，而摆设放在院子、客厅、卧室，甚至是洗手间里！

截至目前，我在荷兰租屋搬家的次数不下十次，还外加两次购屋的经验，在挑房子的过程中，特别享受逛房屋租售网站"Funda"，每天都逛到欲罢不能，因为每间房子看起来都美得像样品屋。但在2015年有了卖屋的实际经历后，才知道房屋交易网站上每一间美美照片的背后可是都付出了不少代价。房屋中介备有专门负责拍照的"专业居家设计摄影师"，当然在一切都有标价的荷兰，这也是需花费好几百欧元的专业服务呢。

# 44 啤酒与小点心
## ——各式各样开派对的理由

　　荷兰境内全年温度凉爽，他们所定义的"热浪"，是指连续五天以上最高气温超过 25 度，且其中至少有三天最高气温大于 30 度的状态。这对我们中国人而言，根本只是小意思，但由此可以知道，荷兰人有多么珍惜看得到阳光的好天气，并会尽可能把握暖和的夏日时光。

　　每年 5 到 9 月期间，全国各地共计有上百场户外演唱会、流行音乐节或游行，几乎每个周末都有大型活动举行，譬如知名的 Parkpop（在海牙 Zuiderpark 公园免费入场，最高记录 45 万人参加，蝉联多年欧洲最大型的不售票流行音乐节）、North Sea

Jazz Festival（北海爵士音乐节，欧洲最大型的爵士乐活动）、Zomercarnaval（在鹿特丹为拉丁美洲移民举行的夏日狂欢节与街头游行）。

此外，还有许多售票的流行音乐节，包括门票相当抢手的Pinkpop（自1970年起每年举办，是史上持续最长的流行音乐节），现场可以看到人们陶醉其中，无拘无束地舞动肢体、尽情地畅饮啤酒。这类表演时间长达两三天的户外演唱会，大多会设置露营区，让与会者可以在帐篷里过夜、喝酒聊天、跳舞，休息一下可再继续喝酒、跳舞，完全就是一场持续三天的大型派对。派对不可或缺的元素，绝对就是啤酒了，据不完全统计，每年每个荷兰人平均能喝下94.6升的啤酒，他们甚至还想到要结合荷兰生活中最重要的两样对象，即"脚踏车"与"啤酒"，发明出"啤酒吧脚踏车"（Bierfiets）这种搞怪的交通工具，一人负责驾驶车头，其余七八个人则在后面围绕着啤酒吧台而坐，脚下也不得闲地踩着脚踏车，在路上就可以开起派对来。

而对于像我这样不再年轻、不会喝酒、又对跳舞没兴趣的人来说，往往不热衷参与这类疯狂派对。但荷兰人完全不愁找不到开派对的借口，在家里随时可以开Party，不论是新居落成、生日、观赏足球赛，都是邀请亲朋好友来家里一起喝啤酒、吃油炸小可乐饼（Bitterbollen）的好理由。这就好像中国人中秋节不烤肉，便会浑身不对劲一样，荷兰人只要遇到温暖的阳光就会自动开启 BBQ 模式。于是一到夏天，超市会特别陈列烤肉专区，堆积成塔的沙嗲口味花生蘸酱（Pindasaus）与一箱箱的冰啤酒正等着一年中的销售旺季来临。天气晴朗时，走过整排的邻居后院，都能听到来自烤肉派对传出的欢声笑语。派对不仅是大人们畅饮欢聚的场合，更是各家孩子们一起同乐的时光，当孩子多时，派对筹办的主人甚至会租用大型的气垫城堡，让小朋友们尽情地在游戏区中开心弹跳。

生日派对也是荷兰文化中相当具特色的活动，不论年龄是从 1 岁到 100 岁，都能邀请亲朋好友来开生日派对，在书店也可轻易买到各种指定岁数的祝贺卡片或生日装饰。前阵子我经过邻居家，窗户上便挂着"63 岁生日快乐"的旗帜，门口停满近十辆脚踏车，想必他们已打算畅饮整晚了。而荷兰孩子们从 1 岁生日就开始每年庆祝，邀请爷爷奶奶、叔叔阿姨、甚至是爸爸妈妈的朋友前来。等到小朋友 4 岁开始进了学校，每年还会再多开一场生日派对，邀请同学、朋友，自己也会当起小帮手制作生日蛋糕，精心布置场地。原来荷兰人的派对习惯与社交活动能力从小就开始训练了。

在生日派对中，受邀的亲朋好友不仅会对寿星献上祝福，也会对所有与会的人们道声："Gefeliciteerd！"（荷兰语的"恭喜"

之意）。如果生日寿星是妈妈，参与生日派对的兄弟姐妹们到场见了面，也要对彼此说一声："恭喜你的妈妈生日"。如果生日派对上有 15 个人，就得要说 14 次的"恭喜"。参与者若是亲密的友人和亲戚，还要一边恭喜、一边亲寿星脸颊 3 下（其他 14 人，就要乘上 14 次），然后大家会围坐一圈喝咖啡、吃点心。曾经一位荷兰友人说："生日派对很实用，譬如，我想要台 iPhone 作为自己的生日礼物，只要准备好啤酒跟点心，然后在邀请信上写着'我希望生日礼物是 iPhone，请将生日礼物改为现金，赞助我的生日礼物。'然后派对过后，就有一笔补助可以用来买 iPhone 了！"（对照前文描述也可回顾荷兰人式的直白）

# 45 露营车与度假小屋
## ——享受不同寻常的悠闲假期

　　写书的此时，我正与家人在荷兰中部的森林区度"长周末"，我们身处的度假村中，有多达数百间可住 4 至 8 人的独栋小屋，包含独立的厨房、客厅及小庭院。住度假村是欧洲（尤其是荷兰）很受欢迎的休闲方式，对有孩童的家庭以及退休人士来说更是如此。

　　度假村里往往设置了许多亲子共乐的设施，例如，游泳池、篮球场、足球场、迷你高尔夫、可爱动物区、沙坑等；也有供大人玩乐的保龄球馆、甚至是室内滑雪场；需要下厨料理时，也有超市可供采买补给，如果懒得煮饭，更有各式餐厅可以选择。虽然度假村中设施齐全，但荷兰家庭在度假村里最常做的事，往往就是轻松地在森林里骑自行车、散步健行，或是各自拿本书坐在小院子里阅读，这不是寻求新鲜刺激的旅行，更像是享受全家人在一起、感受被树林环绕的自在时光，甚至什么都不做，就只是躺在屋前的院子里晒太阳就好。

荷兰南部与比利时、德国交界区域是荷兰地势最高的山区（话虽如此，但其实境内最高峰海拔也仅有 322.7 米），这里是荷兰人经常选择的热门度假区域。根据荷兰统计局的调查结果，来此度假的荷兰人，有将近 50％ 会舍弃旅馆而选择度假小屋，可见度假小屋这种旅游方式有多受欢迎。

除了住度假小屋，还有能更亲近自然、野趣的好选择，像是住在露营车中或是帐篷里。在荷兰，有许多规划良好的露营区，用水、用电，洗澡盥洗都不成问题。每到 6、7、8 月暑假度假的高峰期，在高速公路上不时会看到许多往返的露营车，车子后方还挂着两台自行车，八九不离十就是要去休假了。露营的必要装备包括帐篷和折叠式桌椅，并准备一些平时爱吃、常吃的食物（如早餐的果酱、巧克力豆；午餐的面包、干酪、火腿；晚餐的马铃薯跟肉丸），还可以带上家中的蜡烛跟烛台营造出温馨的氛围，一家人围坐着天南地北地聊不停，或摆起桌游来厮杀一顿。根据 2015 年的统计，荷兰约有 45.5 万辆的露营车，就这数字上看来，平均每 10 个家庭就有 1 台露营车！但问题来了，平时住在城市里的都市人没有空间停放这么大台的露营车，该怎么办？于是，配套也应运而生，许多空地开放全年停放露营车的收费制度，成了应度假而生的特别商机。

欧洲人由于年假多，除了出国旅游当观光客，每年还会选择一个地方待上一两周，读一本书、游泳、在躺椅上闭眼休息、享受阳光、骑自行车，或是花整个下午享受 BBQ 烤肉，而不会安排太过疲累的密集行程。如此空闲、什么事都不做的放松法，甚至会成为家庭传统，我公婆每年夏天都会造访同一个森林度假村休假两周，这样的模式已维持了 30 年。

老实说，我习惯于台湾普遍的度假模式，即三天两夜、甚至两天一夜的旅游行程，所以刚开始要我长时间待在同一处休假，真的会觉得好无聊、不知该如何安排时间。但几次下来后，我渐渐试着摆脱掉"忙碌等于充实""行程多等于划算值得"的刻板印象，静下心让头脑关机，让休假回归到全然的"放松"。或许你也可以试试在旅游时，为自己安排放空的时刻，不安排密集的行程，不计算造访了多少名胜景点，选一个舒服的环境，给自己读一本书的时间、与家人好好对话的片刻，这样的休假方式绝对也能让你拥有一段美好的回忆。

# 46 体育风气盛行
## ——运动强国，赛事成绩耀眼

2012 年伦敦奥运会，人口不到 1,700 万人的荷兰拿下六金、六银、八铜，荣获的奖牌数量在参赛国家里排名第 13 位，尤其是在自行车、马术、曲棍球、柔道、帆船、游泳等项目，打包带走不少奖牌。荷兰这个小国家究竟是如何发展成为运动风气盛行、赛事成绩耀眼的运动强国呢？前面不断提及荷兰社会自由发展的态度又再次扮演了关键角色。荷兰友人告诉我，自她有记忆以来，从儿童到青少年的时光，都是与朋友们在游戏与运动间度过，学校反而比较像是建立人际关系、学习生活技能的场所。

第二章曾提及荷兰人的日常活动丰富而多样化，需要行事历来记录其繁忙的行程。荷兰国家统计局的调查结果显示，有超过一半的荷兰人平时会担任义工或志工，范围从学校、照护、宗教活动、小区活动，到其他嗜好社团或文化团体的参与，而其中最多人（尤其是男性）从事的便是运动社团的义工，有高达20％的男性平时会参与协助运动社团，譬如，担任足球队的教练或在游泳池担任救生义工。

另一则调查报告更指出，荷兰中有71％的男性、66％的女性平时有从事运动的习惯，除了常见的健身、足球、慢跑、游泳，其他像是骑马、溜冰、帆船等运动，也是不少人的休闲兴趣，而每年大约有一百万的荷兰人会安排冬季运动假期，以进行高山滑降滑雪、雪地健行等活动。据统计荷兰家庭平均一年花费一千欧元在运动项目（或观赏运动的相关活动），其中有1/3是花费在运动的训练费或健身房会费。我有一位同事的女儿从6岁开始，便依照她个人的兴趣选择加入小区的曲棍球队，每周进行练习，并不时与其他小区的球队进行比赛交流；而他的儿子则从小就参加足球队，常听到同事开心地述说儿子周末比赛的表现，或是听他半抱怨、半骄傲地说儿子身高暴增、脚长得太快的状况，几乎每三个月就得帮儿子买新的足球鞋或新的练习衣，长期下来真是一笔昂贵的开销。而我身边的友人、办公室里其他同事们也普遍有着个人喜好的运动，周末期间在脸书上看到的状态，更包含了足球、排球、攀岩、跑步、棒球、自行车、高尔夫球等活动分享，若在荷兰想从事任何运动，一定都能找到志同道合的伙伴。

至于我们所熟悉"荷兰人爱骑脚踏车"的印象，以下的数据也能证实所言不假。在 2015 年欧洲单车协会对欧洲 27 国的调查中，35％的荷兰人认为骑单车是他们最喜欢的日常交通方式，这比例远远高过其他欧洲国家，有些孕妇到了预产期的前一周都还在骑车，就连搬家、盛装参加舞会也都可以骑自行车代步。荷兰 25％的人会骑自行车通勤上下班，平均每人每年骑自行车一千公里，绝大多数 12 至 14 岁的青少年更是靠自行车出入，平均每人骑 6.5 公里上下学。正因为如此，荷兰的脚踏车销售产业实在是我们难以想象的发达，平均每 10 万人就有 16 家自行车店，虽然不少生性节俭的荷兰人可以连续使用一台单车长达十多年，但光是 2014 年，荷兰境内就又卖出一百万台新的自行车，许多家庭的仓库里堆放了四五辆单车（通勤用、运动用、男用、女用、小孩用），与其说单车是运动，倒不如说骑单车已经是荷兰人日常生活的一部分了！

# 47 短途即可出国
## ——在度假或在度假的路上

先前几章曾提过荷兰人对度假的态度、工作职场对放假的规定，这一节我们将从数据来看荷兰人到底有多爱度假。根据荷兰国家统计局的资料，一年出国度假的人将近 1,460 万人次，而这仅仅只是一个人口数不到 1,700 万的国家！其中，绝大部分的国外旅游会就近选择欧洲区域，而法国、德国、西班牙三国便占有41％的出国人次。

说真的，依据荷兰的国土大小与地理位置，想出国度假还真的不难，只要开车一两个小时，一不小心就能到达德国或比利时境内。有个笑话是这么说的：当开车时突然发现车子开始抖动，行驶在凹凸不平的高速公路上，不用看就知道已经进入比利时的国界了（荷兰人总爱调侃南方邻国比利时办事能力不佳）。再者，欧洲境内的廉价航空已相当普及，让搭乘飞机这件事变得轻松而无负担，只需一两百欧元（甚至更低的价格）便能解决两国间来回的交通。

在这个家家户户皆以度假作为每年重点计划的国家，旅游相关行业发达且分工仔细，其所产生的经济效益亦相当可观。荷兰人每年花费约 160 亿欧元在度假上，平均下来，荷兰家庭一年在度假上的花费大概是 2,200 欧元，包括交通、旅馆、饮食、纪念品、参加活动，这个金额几乎把每年 5 月收到的假期金花光光（参考第三章的假期金说明），而其中绝大部分（129 亿欧元）则是花费在国外旅游，唯有年龄高于 55 岁的中老年人族群，可能因为健康或经济因素，超过半数仍偏好待在荷兰国内度假。

夏天是度假的旺季，出国度假的人数与冬季相比高出近 60%。夏天时，不仅学校放暑假，父母们也会事先排好假，有些公司甚至干脆让全体员工放假三个礼拜。例如，我们新买的预售屋完工在即，却收到建设公司寄来的通知信，预告工地即将在 8 月份停工三周，统一时间让建筑工人们一起放暑假。这样统一放假的特殊现象便诞生了 "Black Saturday"（"黑色星期六"）一词，这是指夏季假期开始的第一天，往往也是一年里交通最繁忙的日子（大多是 7 月最后一个周末或 8 月第一个周末），大伙不约而同地蜂拥向度假区域，在前往法国及西班牙的高速公路上，常见绵延数百公里的车阵，而此时也是空中交通的尖峰日，史基浦国际机场的单日旅客吞吐量为全年之冠，达到近 20 万人次，似乎大家都迫不及待地前往度假，多一天都等不了。

由于荷兰的冬季既冷又经常下雨，许多人（约 58%）会选择前往奥地利阿尔卑斯山脉度过冬季的滑雪假期。有钱、有闲或是仍有假期金尚未花完的人，常会选择到南方的热带岛屿拥抱温暖的阳光，暂时远离荷兰的冬天。加勒比海俗称"ABC"的荷属小岛（Aruba, Bonaire, Curaçao）是荷兰人偏爱的度假胜地，不但说荷兰文也能通，更因为岛上浓厚的热带气氛，让酷爱晒太阳的荷兰人心神向往，西班牙的伊比萨岛（Ibiza）也是超级热门的度假地点，处处是酒吧，极受热爱夜生活年轻人的欢迎，找上三五好友就会相约到伊比萨岛狂欢。

# 48 家庭时间
## ——与家人在一起高于一切

到此，你应该已对荷兰人工作与生活所保持的态度有所认识。在荷兰，个人生活的重要性绝对在工作之前，对荷兰人来说，工作就是为了赚钱养家活口（外加度假），完全没有必要为了累积财富，而把大量时间投入工作、把家人放在一旁。提供家人充裕的物质与生活质量纵然很重要，但却不是唯一的责任，把时间与精神投入在"陪伴""维持关系"更是作为家长和伴侣的责任，同时也能乐在其中。工作时，荷兰人不会因如此的人生比重分配而显得懒散、马虎。出自于对工作的热情与征服困难的挑战性格，许多荷兰人仍然愿意投入精力，尽力把自己的任务做到最好，唯一不同的是，不论有多么热爱工作，你大概很难听到他们说："工作是我的责任与使命，我愿意为了它牺牲奉献。"

来到荷兰后我发现，即使在城市里，政府也规划许多绿地富饶的公园，避免因过度开发盖房子而失去自然景物，这样的概念再度显现其价值观，注重"好的生活质量"并考虑人与人之间的关系，以及与周围环境的互动性，而不只是存款数字与奢侈品。

试想，你的家庭时间大多用于从事哪些活动？在下班后的有限时间里，最方便的好选择大概就是相约一间热门的餐厅聚餐了。由于荷兰的外食价位相对昂贵，荷兰人的家庭时间大多会选择从事其他更经济省钱的活动，像是在许多住宅小区里设有免费参观的迷你动物园，让从蹒跚学步的幼儿到独立自主的大孩子都能亲手触碰绵羊、小兔子，甚至迷你马，平常日便会有许多爸爸或妈妈带着小朋友在此度过一整个下午，享受快乐的亲子时光。夏季时，直到晚上十点多才天黑，气候又保持在 25 摄氏度左右的舒适状况，十分适合户外活动。尤其在处处设有自行车道的荷兰，小朋友们很早就开始学习骑脚踏车，小小年纪就自己骑车，跟着爸爸妈妈全家骑自行车出游，这绝对是最省钱又消磨时间的家庭活动。若是家中有年纪更小、无法骑车的小孩也不需要担心，许多年轻爸妈会在自行车前后装上婴幼儿的自行车座椅，就算前面载着四个月的小婴儿，后面还可以再坐个三岁的小姐姐，或者可以更省事地买一台货运自行车（Bakfiets），不论年龄大小、有多少孩子，都可以坐进前方的载货大木箱中。

除了自行车，另一个荷兰文化的特色就是罗织交错的运河。有些房屋依运河而居，后门一打开就是运河，许多居民在紧邻运河的后院架设小码头，在天气好的夏天便可以驾着小船、带上冰啤酒与点心，与家人或朋友们来个小型的游船河派对。冬季的运河就更好玩了！大人们仔细检查后院运河结冰程度，确保冰层够厚不会破裂后，小孩们便会忙着清理冰上积雪，私人的天然溜冰场就准备好了！

到了冬季，户外活动明显减少，荷兰人的休闲模式大多转向室内活动，近期很受欢迎的是设备齐全的水疗（SPA）会馆。进入这种强调"北欧式"的水疗（SPA）会馆需要全裸，大多数每周仅有固定一天"泳衣日"，若真的害羞不想看人也不想被人看，可别挑错日子来啰！我很难形容第一次看到这种景象的惊讶程度，眼见游泳池、桑拿、各式按摩浴池里挤了上百个裸身的人，大多是夫妻或伴侣同行，未成年人止步。人们几乎会在设施里待上一整天，除了水疗设施，还有休息区、阅读区、户外饮料吧、零食餐点，豪华一点的会馆还附设高级餐厅，可以优雅地吃着牛排、品着红酒，唯一不同的是所有顾客浴袍下皆是全裸。有趣的是，若已经计划好到水疗（SPA）会馆度过周末，人们可能还会有意无意地跟同事稍微提起，大家便会很有默契地避开该地点，因为没有人想在全裸的情况下遇到同事啊！

# 49 假日与节庆
## ——疯狂荷兰人集体失控的日子

想要感受荷兰人疯狂的一面，就一定要参加 4 月 27 日的国王节！

橘色象征荷兰皇室（皇室家族姓氏是 van Oranje-Nassau，而 oranje 也是荷文的"橘色"），这天全国大街小巷被装点成橘色，人们也都把各式各样橘色配件穿戴在身上，喝不完的啤酒、唱歌跳舞、又笑又叫，看到满街疯狂兴奋的橘色人潮实在颇为壮观。

每年在 2 月或 3 月时（每年复活节前六周），许多位于南方的城市会举办连续三天的嘉年华狂欢节，有了这个节庆，荷兰人又多了一个狂喝啤酒的好理由！人们会发挥各式创意，穿上精心制作的装扮,脸上画满夸张的彩妆,再出动小区的乐队、合唱团,热闹庆祝。登博斯(Den Bosch)、马斯垂克(Maastricht)等大城市,被前来看游行的观光客塞得水泄不通,而北方的荷兰人也会特地坐火车南下造访,来感受一下狂欢节的疯狂欢乐气氛。

每年的跨年夜,也是荷兰人绝对会失控的日子。荷兰平时禁止燃放鞭炮烟火,只有跨年夜的那几个小时解禁,于是每年的最后一个礼拜,家家户户都会捧着大笔钞票贡献给店家,就为了能在跨年夜尽情放鞭炮及烟火,单单这一周内,零售烟火的销售额就高达数百万欧元之多。

每年此时,我都能在家里阳台观赏整整两个小时的近距离烟火秀,不绝于耳的鞭炮声将小区里的小巷弄都化身为战场,市政府甚至需要在前几天便暂时性地锁上或拆除街上的垃圾桶,否则一定会有人尝试把鞭炮塞到垃圾桶里变成金属火药桶,造成不堪设想的后果。

新年期间,新闻报道常见跨年夜火烧车或是被烟火炸伤亡的新闻,狂欢也成为社会安全隐患的一大问题。2014年的跨年夜有超过七百人因为手指、眼睛受伤或烫伤而被送进急诊室。为了降低受伤人数,原本规定可以施放鞭炮烟火的时段是从12月31日早上10点到元旦的凌晨2点,2015年则将时间缩减,变成只能从傍晚6点至凌晨的2点,结果确实使得受伤人数减少了 18％。

近年来，为了让人们发泄跨年夜的精力，海牙席凡宁根沙滩（Scheveningen Beach）上开始以货运栈板堆成小山，然后再一把火烧掉，这几年栈板堆还越堆越大，2015 年新年更一举创下最大营火的世界记录，共计堆栈三万个栈板、体积达四千立方米。

隔天的元旦中午，荷兰人还有另一项疯狂的新年传统仪式"新年跳水"（Nieuwjaarsduik），全国共 60 个地点约有两万人以上参与，在新年一开始穿着泳衣、戴着橘色毛线帽冲进近零度的冰冷海水或湖水中。

从 1960 年开始，这项传统原先只是一小群人想用此疯狂行为庆祝全新一年的到来，但立即吸引了全国人民的目光，而后连续几年则有越来越多的地点响应，参加的人也越来越多，之后更因为食品厂 Unox 在现场赞助免费的香肠、热汤，还有橘色毛线帽，而逐渐演变成荷兰的新年传统，海牙的席凡宁根沙滩便是活动规模最大的地点，每年都有上万的人次参加，争先恐后地跳入冰水中，果然是疯狂的荷兰人！

后记

　　刚开始在荷兰工作时，其中有一项极为困扰我的事，就是到了每周一早上的 Coffee Break，同事们都会问："周末过得如何？做了些什么事啊？"而我的周末时间就是上网、看连续剧，感觉不值一提。后来才知道，荷兰人的下班时间或是周末假日，常常都是满档的活动，安排自己感兴趣的事（画画、唱歌、品酒），或是选择运动、当义工、与亲朋好友交际（不同于我们中国人喜欢与朋友相约在餐厅聚餐的习惯，荷兰人大多会选择办派对或约朋友到家里喝咖啡）、与小孩一起出外活动、进修（学语言、学计算机）。与荷兰人相较之下，我这才发现自己原来是个"生活只有工作目标，却没有生活乐趣的无趣之人"。

　　荷兰人很懂得享受生活，但这种"享受"指的不是买名牌包，也并非在高档餐厅用餐。他们享受生活的形式是进行各式各样的运动、全家人在露营区共度一周的美好时光、寻访世界其他角落的异地探险等。你在下班后或周末时间，会安排哪些活动呢？当谈到兴趣时，除了美食、旅游、电影或上网之外，是否还有其他休闲活动的可能？我们似乎把人生大部分的热情，都放在工作与赚钱上。然而，人生成就感与满足感的来源，并非只在于得到响亮的工作职称，或存款簿上节节上涨的收入数字，生活中有更多需要细心体会、让心灵充电的方面，譬如家庭关系以及自我实现。尤其当我从一个外籍劳工的身份，转变为在此成家生根的荷兰妈妈，我这才亲身体会到，家庭的 Quality Time 会是人生最大的动力与乐趣，"赚钱"真的只是其次。

撰写本书的过程，让我回想起刚开始与荷兰人共事那一两年的点点滴滴，以及其间遭遇的各种文化差异，其冲击之大，一度让我无所适从，却又每每在反思、找出前因后果之后，获得茅塞顿开般的满足感。曾经有同事问我，为何如此热衷讨论文化差异的议题，老实说，我之前倒是没想过这个问题，这才发现其原因：

"身为一个外国人，唯有通过不断的比较与发掘两者之间的差异，才能帮助自己了解哪些是自己需要同化适应、哪些又是应该保留的自身价值"。对我个人来说，荷兰职场新手这两年的经历，成为我搜集人生宝藏钥匙的旅程。即使现在已在荷兰职场打拼七八年，已退去当初时时刻刻发觉新鲜事物的刺激，也自认对于荷兰人的行事风格有所了解，却还是能在每次与新的荷兰人合作交手之际，被他们的惊人之语再度感受到两者间的文化差距。

另一方面，荷兰人在许多专业领域中，在世界排名的竞争力均遥遥领先其他大国。到底背后的原因为何？相信在读完这本书之后，你一定能明白他们的高生产力与高竞争力，并非纯粹靠上班时数换来的！我认为，这与荷兰开放与勇于挑战的生活哲学，以及工作环境息息相关。希望阅读本书后的你，能更加了解这群极具个性、有所坚持的低地居民，从荷兰人的生活、工作与沟通方式，找到能让自己更快乐生活的钥匙，开启更有动力的人生。若是看完这本书，激起你想要到荷兰旅行、工作或生活的渴望，也希望我与荷兰人接触及相处的经验（甚至调侃他们的玩笑话），能对你未来融入荷兰生活或克服文化差异有所帮助。

新出图证（鄂）字 08 号
图书在版编目（CIP）数据

**生活需要幸福感** / 林昭仪著 . —武汉：长江文艺出版社，2018.10
ISBN 978-7-5702-0556-1

Ⅰ . ①生… Ⅱ . ①林… Ⅲ . ①散文集—中国—当代 Ⅳ . ① I267

中国版本图书馆 CIP 数据核字（2018）第 166244 号


著作权合同登记号 图字：17-2016-119

责任编辑：杨典雅　孙　赫　　　　　责任校对：许　罡
装帧设计：吉冈雄太郎 三 ⊜　　　　责任印制：郝　旺

出版：长江出版传媒 | 长江文艺出版社
地址：武汉市雄楚大街 268 号　　　　邮编：430070
发行：长江文艺出版社
　　　北京时代华语国际传媒股份有限公司　（电话：010-83670231）
http：//www.cjlap.com
印刷：北京中科印刷有限公司

开本：880 毫米 ×1230 毫米　1/32　　印张：6.5
版次：2018 年 10 月第 1 版　　　　2018 年 10 月第 1 次印刷
字数：280 千字

定价：39.80元